소중한 사람 머리맡에 놓아주는

사랑의 말

소중한 사람 머리맡에 놓아주는 사랑의 말

1판 1쇄 인쇄 2012년 11월 05일 | 1판1쇄 발행 2012년 11월 10일 | 지은이 곽광택
| 펴낸곳 나래북 · 예림북 | 펴낸이 김정재 · 김재욱 | 등록 제 313-2007-27호 | 주소 서울시 마포구
합정동 373-4 성지빌딩 616호 | 전화 02)3141-6147(대) | 팩스 02)3141-6148
E-mail repin8@msn.com
편집 기획 김민호
ⓒ 곽광택 ⓒPhotographer 박진배 김정재 안재율 김안빈
ISBN 978-89-94134-19 03810

*값은 표지 뒷면에 표기되어 있습니다.
*잘못된 책은 구입하신 서점에서 바꾸어 드립니다.

소중한 사람
머리맡에
놓아 주는

사랑의
말

사랑하는
사람에게
내 마음을 선물하세요

곽광택 지음

나래북

Contents

아름답다고 느낄 때 나는

Love is patrently answering all those questions

우리 나누는 사랑에는

The quickest way to receive love is to give

작가의 말

　세상 사람들이 가장 좋아하는 말 중에 사랑만큼 더 좋은 것이 있을까?

　사랑을 말로써, 글로써 표현하는 것, 그것은 이해가 되지 않는다. 행동으로 보여주는 것이 제일이다. 그러므로 사랑은 사랑만이 사랑을 사랑하리라고 생각해 본다.

　자신의 가장 좋은 친구가 되라. 그리고 자신을 믿어라. 누군가 대신해줄 것이라고 기대하지 말라.

　모든 존재 안에는 자기 완성을 위한 씨앗이 있다. 인간은 사랑으로부터 에너지와 삶의 기쁨을 얻으며 또한 다른 사람과의 친밀감을 통해 그 사람에게 힘과 기쁨을 준다. 친밀감이란 자신의 가장 깊은 자아를 다른 사람과 나누려는 소망이다.

 날마다 자기 계발을 통한 관리로 스스로의 인생을 설계하라. 일과 취미가 일치되는 직업을 찾았을 때 당신은 말 그대로 천직을 구한 셈이다.

 현재를 살아감에 있어 자기 일을 할 때에 비로소 가장 행복하고 가장 생산적인 생각을 할 수 있다.

 정보가 없으면 책임 있게 행동할 수 없고 정보가 있으면 책임 있게 행동할 수 있다. 언제나 좌절하지 않고 줄곧 침착하게 일을 찾는 태도로 삶을 배우고 그것을 실천하라.

 여기에 있는 글들은 우리들의 생활 주변에서 느낀 생각과 마음을 진솔하게 표현한 것이다.

-곽광택

성공을 이룬 사람들은 자신이 도달하고자 하는, 또는 이루고자 하는 곳이 어디인지를 정확히 알고 있다는 사실을 잊지 말라. 목표는 자신에게 어울리는 현실 가능한 것이어야 한다.

실패 또한 과감히 도전해야 할 목표 중 하나다. 목표를 끝까지 버리지 말라.

사
랑

누군가 그대에게 인생에서

가장 소중한 것이 무엇이냐고

묻는다면 그대는 대답하라.

그것은 사랑이라고.

CHAPTER 1

우리에게
필요한 것

지혜로운 자는 재앙을 피하고,
중용의 미덕을 사랑하는 자에게는
가난의 더러운 물이 스미지 않고,
현명한 자에게는 남들이
부러워하는 저택의 화려함이 오히려 빛을 잃는다.

시간이 모든 것을 말해준다.
시간은 묻지 않았는데도 말을 해주는 수다쟁이다.

자기완성의 토대

●

일찍이 공자는 정치가 무엇이냐는 제자의 질문에 대해
'정政은 정正이라. 그대가 솔선해서 몸을 바르게 가지면
누가 감히 바르게 행行하지 아니하리오.' 라고 대답하여
정도正道를 정치의 근본으로 보았다.

몸을 바르게 가진다는 것은 남을 위해 일하기 전에 우
선 스스로의 자세를 바르게 세운다는 것이다.

한자의 비유에 따르면 법法자는 물이 흘러가는 자연
섭리의 합리성을 나타낸 것이요, 거짓 위僞자는 다른 사
람人을 위僞해 일하겠다고 내세우는 것은 모두 거짓이
기 십상이라는 깊은 교훈적 내용을 함축시키는 말이다.

'정치쟁이는 다음 선거에 대해 생각하고 정치가는 다
음 시대의 일을 생각 한다.' 는 말이 있다.

봉사란 이웃과 사회에 대해 아무런 조건 없이 몸과 마음을 바쳐 묵묵히 일할 때 비로소 그 값어치가 빛나는 것이다.

봉사는 맹목적이어야 하며 무조건적으로 순수해야 한다. 어떤 목적이 내포되어서는 결과가 떳떳하지 못하게 되는 까닭이다.

슈바이처는 '생명 있는 모든 것에 봉사함으로서 나는 세계에 대하여 뜻 있고 목적 있는 행동을 다하는 것이다.'라고 했다.

젊음은 꿈이요 희망이라. 꿈에는 정열이 있어야 하고 정열은 보람으로 그 열매가 맺어져야 한다. 꿈이 없는 사람은 내일이 없으며 꿈이 없는 사회는 아무런 발전이 없고 꿈이 없는 민족은 망한다.

일찍이 톨스토이는 '겸양하라, 진실로 겸양하라, 왜냐하면 그대는 아직도 위대하지 못하기 때문이다. 진실로 겸양함은 자기완성의 토대이니'라고 말했다.

인지덕행 겸양위상 人之德行 謙讓爲上

'사람의 덕행은 겸손함과 사양이 으뜸이다.'

항상 남을 높이고 자기를 낮추는 태도에서 나오는 힘은 그 어떤 힘보다도 이 세계를 밝게 이끌어주는데 큰 역할을 할 것이다.

적극적 사고를 위한 비결

*긍정적인 생각을 갖고 적극적으로 살아가는 사람은
어려운 문제에 부딪힐수록 더 용기를 갖는다.

적극적인 사고를 가진 사람은 언제나 어떠한 가능성을 지닌 생각에 찬성을 던진다.

창조력이란 어떤 적극적인 사고를 가진 사람이 여러 가지 문제에 부딪힐 때 그 문제를 해결함에 있어 적극적인 사고방식으로 대하는 것이다.

이 세상에 생존하고 있는 모든 사람들 중 오직 한 사람만이 당신의 꿈을 시들어 죽게 하는 결정적인 표를 던지고 있다. 그리고 그 한 사람은 바로 당신 자신이다. 당신이 스스로 목표를 잃고 희망에서 좌절되고 침체되며 꿈을 포기하려고 마음먹을 때, 바로 당신은 당신 자신의 꿈을 말살하고 폭군으로 변신하고 만다.

실패는 결코 죄악이 아님을 기억하자. 오히려 목표를 낮게 세우는 것이 죄악이다.

긍정적인 생각을 갖고 적극적으로 살아가는 사람은 어려운 문제에 부딪힐수록 더욱 더 용기를 갖는다. 그는 꿈이 큰 사람이기 때문이다. 꿈이 작은 사람은 결코 큰 일을 성공시킬 수 없음을 잊지 말자.

–적극적 사고를 위한 비결

1. '불가능하다.'고 생각하는 마음에 절대로 긍정하지 말라.
2. 어려운 문제에 직면했을 때 낙심하지 말고 그 문제 해결을 위해 끝까지 노력하라.
3. 당신에게 주어진 그 어떤 가능성도 절대 부인하지 말라.
4. 실패할 위험이 있다는 이유로 계획을 포기하지는 말라.
5. 훌륭한 제안을 거부하는 데에 결코 참여하지 말라.
6. 어떠한 일이나 문제에 성공하지 못했다는 생각을 갖지 말라.
7. 눈앞에 보이는 건설적인 아이디어를 불가능하다고 쉽게 단정 짓지 말라.

8. 어떠한 계기나 장래의 설계를 결코 포기하지 말라.

9. 어떠한 제안도 거부하지 말라. 그렇지 않으면 당신의 목표가 이루어지는 기쁨을 맛보지 못할 것이다.

10. 한 가지 목표가 달성되면 더 높은 목표를 세우고 계속해서 전진하라.

이제 당신은 이 열 가지 비결을 기억하면서 스스로 꿈을 키워나가기 바란다.

사랑이란 것은 만인의 가슴속에 흐르는 바다의 조수와 같은 것이기에 모
든이는 자기의 것이라 말하지만 사실은 전 인류 개개인의 생명을 주는 맥
박이다.

사랑은 멍에도 아니고 훈장도 아니다.
사랑은 씨앗이고 생명의 근원이다.
사랑은 밀알과 겨자씨 같은 알갱이가 가
장 아름다운 것이 사랑이다.

가르친다는 것의 의미

• 자연스러운 마음에서 나오는 사랑,
이것이야말로 교육의 근간을 이루는 것이 아닐까.

'교육의 비결은 학생을 존경하는 데에 있다.'

이것은 19세기 미국의 사상가 랄프 W. 에머슨의 말이다. 초절주의超絶主義로 불리는 에머슨의 철학은, 인간에 대한 완전성과 개인의 존엄성이 근본으로 되어 있다.

여기서 말하는 학생을 존경한다는 것은 학생의 인격을 인정해야 한다는 의미이다. 이것은 연령 여하에 관계없이 모든 교육의 현장에서 실천되어야 한다고 말할 수 있을 것이다.

어린이에 대해서도 그 인격을 인정하게 되면 그것은 자연스러운 사랑이 되어 나타날 것이다. 예를 들면 '교육의 아버지'로 부리는 스위스의 교육자 페스탈로치의 잘 알려진 에피소드처럼.

페스탈로치는 거리를 걷다가 유리 파편 등이 눈에 띄면 즉각 집어 호주머니에 넣곤 했다. 어느 날 길을 걷다가 유리 파편을 발견한 페스탈로치는 여느 때처럼 그것을 집어 호주머니에 넣었다. 가까이에서 그것을 본 경관이 수상하게 여겨 "여봐요, 무엇을 주었소? 주은 것은 신고하시오." 하고 난폭하게 말했다. 그러자 페스탈로치는 유리 파편을 보여주고는 빙긋이 웃으며 이렇게 말했다고 한다.

"이런 것이 떨어져 있으면 아이들이 상처를 입지 않겠소."

자연스러운 마음에서 나오는 사랑, 이 페스탈로치의 행동이야말로 교육의 근간을 이루는 것이라고 할 수 있을 것이다.

영국의 교육자로 모럭비 학교 교장인 토머스 아놀드가 내건 교육 5원칙 중 하나가 '행실이 단정한 학생을 양성하자면 그들을 신사로 대우하지 않으면 안 된다.' 이다. 과연 신사 나라의 교육 방침이라고도 할 수 있는데, 이 '신사로서'란 학생의 인격을 인정하는 적절한 대응 방법임에 틀림없다.

미래의 꿈은 곧 나의 목표

만약 당신이 낮은 목표를 세운다면 그 성취감도 낮은 것에 불과할 것이다.

자신의 목표를 세우는 것, 여기서 성공과 실패가 결정된다. 무슨 일을 하든지 간에 먼저 당신이 원하는 미래의 꿈을 목표로 세우라. 결코 과거의 패배에 얽매여서는 안 된다.

훌륭한 정력과 힘 있는 결단, 그칠 줄 모르는 욕망은 부족한 재능이나 한정된 재능을 어렵지 않게 지탱시켜 줄 것이다.

큰 뜻에 의해 세워진 목표의 성공은 새로운 계획과 시도와 뜻을 행하는데 결코 인색하지 않는 사람에게 주어진다. 만약 당신이 기대하는 그 큰일에 더 많은 재능이 필요하다면 그 재능을 얻을 것을 결심하고 그 재능을 소유하도록 노력해야 한다.

훌륭한 목표를 세우라. 그러면 그 목표는 반드시 당신의 것으로 이루어질 것이다. 해결할 수 없는 문제란 있을 수 없다. 불가능할 것 같아 보이는 문제는 다만 창의력에 대한 일시적인 장애물에 불과한 것이다.

'높은 산이 앞을 가로막는다 해도 결코 단념하지 않으리라. 계속 도전하여 산을 오르고 길을 발견하고 그리고 터널을 뚫고 통과하리라. 만약 그렇게 하지 못한다면 나는 그 산 위에 머물러 마침내는 산을 변화시키고 나의 황금으로 변하게 하리라.'

당신의 주위를 돌아다보라. 그러면 당신은 적극적 사고방식을 가진 훌륭한 사람이나 그의 사상을 발견하게 될 것이다. 만약 당신이 견딜 수 없는 어려운 문제에 처했을 때라면 당신은 적극적 사고를 가진 그 사람이나 그의 능력 있는 성공담에 귀를 기울이는 게 좋다.

문제 해결을 위한 7가지 비결

*문제를 해결하는 것과 목표를 결정하는 것을 혼동하지 말라.
결정은 양심과 의무와 원리와 정책과 개인적이고도
공공적인 성공의 믿음 위에서 기초되어지기 때문이다.*

❦ ❦

1. 문제를 찾으라. 당신의 생애에 있어서 문제를 찾는 것이 가장 급한 일이다. 좋은 지도력은 미래를 향해 적극적으로 생각하는 사람에게만 주어진다.

2. 당신이 직면하게 되는 문제에 항상 기대를 걸어라. 안일한 생각과 자세는 우리를 끊임없는 퇴보 속으로 몰아넣는다. 그러나 원대한 목표는 당신을 위대한 사람으로 만든다.

3. 당신에게 직면한 문제를 싫어하지 말라. 모든 문제를 하나의 기회로 생각하고 환영하라. 끈기를 가져라. 분명히 인내하는 만큼의 대가를 얻을 것이다.

4. 어떤 일에 대해 올바른 결정을 하는 데 있어서 문제

해결이라는 구실이 결코 방해물이 되지 않도록 하라. 문제를 해결하는 것과 목표를 결정하는 것을 혼동하지 말라. 결정은 양심과 의무와 원리와 정책과 개인적이고도 공공적인 성공의 믿음 위에서 기초되어지기 때문이다.

5. 당신의 문제는 되도록 정확하게 분석하라. 언제나 적극적인 사고와 창조적인 아이디어가 결여되어 있다는 게 문제점이다. 먼저 결정을 하라. 그런 후 당신의 문제를 풀어라.

6. 당신의 문제를 보다 세분하여 해결하도록 구상하라. 직면한 문제가 아무리 크다 할지라도 가장 작은 조각으로 잘 깬 다음 하나하나 해결해 나가면 그것은 문제가 되지 않을 것이다.

7. 당신은 항상 당신보다 더 능력 있는 사람들에게 도움을 청하라. 성공과 실패에는 결코 단념하지 않는 것과, 쉽게 단념해 버리는 아주 작은 차이가 있을

뿐이다.

이 비결대로만 한다면 분명 당신은 자신도 모르는 사이에 성공한 당신의 모습을 보게 될 것이다.

사랑은 갈구하고 욕망을 채워 주는 데서 오는 것이 아니라

내게 있는 작은 것이라도 베풂으로써 더 큰 사랑이 채워진다.

사랑은 나누지 못할 때 빛과 향기를 잃은 채 시들고 사라진다.

우리가 산다는 것 그것은 쉬운 일이면서도 어려운 일이다.

고통이 당신을 괴롭힌다고 겁내거나 비난하거나 도망쳐서도 안 된다.

고통을 사랑하라. 고통으로부터 도피하지 말라. 고통을 거역하지 말라.

신념을 갖는 방법

* 가장 밝은 이성으로 살았을 때 인간은 가장 행복한 것이다.

．

신념을 갖기 위해서는 다음의 네 가지 특징을 이해하고 따라야 한다.

첫째, 상상력을 기르는 일이다.

신념을 갖고 있는 사람은 자신이 장차 어떤 사람이 될 것인가를 결정하고 그 원하는 모습을 머릿속에 그림을 그려본다.

둘째, 자신이 세운 계획에 전념하는 일이다.

신념을 가진 사람은 꿈을 이루고자 하는 욕망이 아주 강하며 몸과 마음을 모두 자신이 세운 목표에 전념을 한다.

셋째, 확신을 갖는 일이다.

먼저 상상력을 동원하라. 그리고 당신이 세운 목표를 향해 전념하라. 또한 분명히 성공하리라는 것을 확신하는 게 중요하다.

넷째, 끝까지 계속해서 나아가는 자세를 유지하는 일이다.

당신은 당신의 목표에 대해 절대 단념해서는 안 된다. 무슨 일이 있어도 결코 단념해선 안 된다.

끈기와 인내는 확고한 신념을 가진 사람들의 가장 중요한 특성이다. 성공을 원하는 당신의 앞날에 패배나 실패는 생각할 수도 없고 또 생각되어질 필요도 없는 확고한 뜻임을 명심하라.

이 네 가지의 특성 가운데 가장 중요한 것은 '나는 할 수 있다.'는 자신감이다. 적극적인 사고를 가져야 하며 확신을 가져야 한다. 결단력을 가져야 함은 물론, 협력하는 자세도 필요하다. 무엇보다도 당신 자신의 계획을 믿어야한다.

그러면 당신은 당신의 잠재된 능력을 발견하게 될 것이다. 이것을 계발시킴으로서 창조적인 사람이 될 수 있음을 명심하자.

실패는 또 하나의 배움

한 번 실패했다고 해서 당신이 완전한 실패자라는 것은 아니다. 그것은 당신이 아직 목표에 도달하지 못하였다는 것을 의미할 뿐이다.

실패는 당신이 아무것도 달성하지 못했다는 것을 뜻하지는 않는다. 그것은 당신이 무엇인가를 배웠다는 것을 의미한다.

***실패는 당신이 결코 바보였다는 것을 뜻하지는 않는다. 그것은 당신이 보다 강한 신념을 가졌음을 의미한다.

***실패는 당신의 위신이 떨어진 것을 뜻하지는 않는다. 그것은 당신이 보다 큰 일을 시도하고자 했음을 의미한다.

***실패는 당신이 가지지 못했다는 것을 뜻하지는 않는다. 그것은 당신이 앞으로 무엇인가를 해야 한다는 것을 의미한다.

***실패는 당신이 시간을 낭비했다는 것을 뜻하지는 않는다. 그것은 당신이 새 출발의 기회를 가졌음을 의미한다.

***실패는 당신이 물러서야 한다는 것을 뜻하지는 않는다. 그것은 당신이 더욱 더 분발해야 한다는 것을 의미한다.

***실패는 당신이 결코 할 수 없음을 뜻하지는 않는다. 그것은 당신이 좀 더 시간적인 여유를 필요로 함을 의미할 뿐이다.

이처럼 실패의 정의를 긍정적으로 생각하라. 그러면 당신은 소극적인 사고를 가진 사람들이 가질 법한 실패의 두려움을 물리칠 수 있을 것이다.

과감하게 벗어 던지자

* 인생에 있어서 선택은 매우 중요하다. 선택은 곧 길이며 소유이다.
그리고 선택한 것은 반드시 하나의 결론으로 귀결되는 당연성을 갖는다.

평범한 사람들은 항상 다른 사람의 지배에서 오는 압박감속에서 활동을 한다.

그러나 비범한 사람들은 그들 스스로가 긴장하며 바쁘게 활동한다. 따라서 비범한 사람들은 정해진 기한까지는 그들의 목표가 이루어지리라는 마음의 약속을 한다. 그리고 그들 자신의 꿈이 실현되리라는 것을 널리 알린다. 또한 그들은 오로지 앞을 향해서만 한눈팔지 않는 자세로 자신들의 일에 전념한다.

그런데 당신이 주의해야 할 점이 한 가지 있다. 당신의 계획을 시작하는 초기 단계에 있어서는 믿을 수 있는 가까운 친구나 적극적인 사고를 가진 사람들에게 당신의 계획을 알려야 한다는 것이 그것이다. 소극적인 사고를 가지고 부정적으로 움직이는 사람은 멀리해야만 한다.

　또한 당신의 중요한 계획이 소극적인 자세를 가진 사람들에 의해 방해받거나 꺾이지 않도록 유의해야 한다. 갓난아기가 새로운 환경에 적응될 때까지는 반드시 보호되어야 하는 것처럼.

　***큰 뜻을 이루는 사람은 순간적으로 지나치는 계획을 잡아내 망설임 없이 결정하고 그것을 곧바로 실행에 옮긴다.

　기회는 안일하게 기다리는 사람을 위해서 결코 멈추어 주지 않는다. 당신의 계획을 지금 바로 행동에 옮기기로 결심하라. 지난날의 안일함에 젖은 게으름의 외투를 과감히 벗어 던져라. 지금 바로 그것을 시작하라. 전진하라. 당신 앞에 어떠한 장애물이 가로 놓인다 해도 당신은 능히 그 장애물을 뛰어넘을 수 있다는 신념을 잃지 말아야 한다.

리듬을 자가 존재

＊어리석은 자는 잠을 자고 잠을 주며 노를 젓는 고역선의 죄수이나
현명한 자도 똑같이 그 안에 있어도 눈을 뜨고 있으므로 자신을 결박하는
쇠사슬을 보기도하고 그것이 탈그락 거리는 소리를 듣기도 한다.

 인간은 본질적으로 리듬을 가진 존재이다.

 데카르트의 '나는 생각한다, 고로 나는 존재한다.' 라는 말은 '나는 리듬을 가지고 있다, 고로 나는 존재한다.' 라고 해도 좋을 것이다.

 당신은 적극적인 감정으로 두뇌를 채우라. 그러면 원활한 리듬이 되살아날 것이다. 지금, 당신을 짓누르고 있는 패배와 절망에 맞서 과감히 참고 견디도록 하라. 당신은 지칠 줄 모르는 정신력으로 인내할 수 있을 것이다.

 승리가 없이 살아 있음의 가치란 있을 수 없다. 우리에게는 마지막 순간까지도 앞을 향한 전진만이 있을 뿐이다. 그리고 올바른 선택을 하라. 올바른 결단을 내려라. 그러면 패배와 절망을 승리로 변화시킬 수 있으리라.

 무슨 일에든 우선은 무관심하게 지나치는 것이 사람들

의 습성이다. 그러나 그들은 다음에는 주의 깊게 새겨 보고 또 그 다음엔 그 일에 도움을 준다.

당신이 쓸쓸함과 분노로 괴로워한다고 해서 그것이 결코 최고 경영자를 아프게 하지는 못한다. 당신의 비애는 오직 당신 자신만을 괴롭힐 뿐이다.

***욕망으로 가득한 사람은 그 욕망을 덜어내고 성장하라. 주의 깊은 사람은 더욱 더 담대한 마음을 가지고 성장하라. 부주의한 사람은 자신을 다스려 주의 깊은 마음으로 성장하라. 스스로 우월감을 가진 이는 사려 깊은 생각으로 성장하라. 소극적인 사람은 보다 적극적으로 최선을 다하라.

우리들은 일찍이 눈을 뜨고 있었지만 얼마 후에 또다시 눈을 뜰 것이다. 인생은 하나의 긴 꿈으로 가득 차 있는 하룻밤이며 그 꿈속에서 우리들은 곧잘 악몽을 꾼다. 바다에 빠진 사람이 깊이 내려가서 밑바닥에 이르면 오히려 그 덕분에 다행히 떠오를 수 있듯이 가장 선량한 부류의 사람은 죄에 빠졌다 해도 마음을 돌려 예전의 생활로 돌아갈 수 있다.

동정을 지킨다는 것은 금욕 고행에 이르기 위한 한 단

계이며 덕행에서 고행으로 나아가는 삶이기도 하다.

 어리석은 자는 잠을 자고 꿈을 꾸며 노를 젓는 고역선의 죄수이나, 현명한 자는 똑같이 그 안에 있다 해도 눈을 뜨고 있기 때문에 자신을 결박하는 쇠사슬을 보기도 하고 그것이 달그락거리는 소리를 듣기도 한다.

 사물이 있는 그대로 보인다는 것, 이것은 세계의 허물없는 면이다. 모든 동물의 눈에서 반짝이며 나오는 불꽃은, 우리들이 설령 이것을 이론상으로는 얼마 후에 멸하는 유기체와 부단히 순환하고 있는 액체와의 일시적인 부산물이라고 인정하지 않으면 안 된다고 하더라도, 영원한 하나의 반짝임이다.

 만약 우리들이 시간 중에서 과거를 되돌아보는 것과 같은 정도로 명료하게 미래를 알아볼 수가 있다면 지금 자신의 청년 시절의 먼 기억이 때로는 상세하고 뚜렷하게 눈에 떠오르는 것과 마찬가지로 우리들의 죽을 날도 아주 상세하게 보여 질 것이다.

사랑은 주는 것만큼 받고 또한 받는 것만큼 굴레의 최고봉에 도달한다.
내가 내 이웃을 향해서 사랑을 베푸는 것은 바로 사랑의
보상을 받기 위한 선행조건으로 현금과 같다.

결혼 생활은 긴 대화이다

* 결혼 생활에서는 다른 것은 모두 변화해 가지만,
함께 지내는 시간의 대부분은 대화에 속한다.

※ ※

키르케고르와 같이 실존철학의 선구를 이룬 니체는 24
세 때에, 독창적인 작곡과 가극의 연출로 그 재능을 발
휘하고 있었던 바그너와 사귀게 되었다.

바그너는 니체보다 30세 이상이나 연상이었지만 두
사람의 우정은 대단히 깊었으며 10년 이상 그 관계가
지속되었다. 그러나 결별의 순간이 오고야 만다. 유럽
문명의 퇴폐를 비판하는 니체는 그리스도교를 유럽적
인 인간 타락의 원인으로 생각하여 생의 긍정과 초인超
人의 이상을 주장하게 되었기 때문이다.

1882년 천재 바그너는 그리스도교적인 악극『파르지
팔』을 니체에게 선사했다. 이것에 대해 니체는 종교에
서 완전히 이반離反한『인간적인, 너무나 인간적인』을
바그너에게 보내어 회답으로 삼았다. 그 속에 나오는

한 구절이 바로 '결혼 생활은 긴 대화'이다.

니체는 그 말에 이어 '결혼 생활에서는 다른 것은 모두 변화해 가지만, 함께 지내는 시간의 대부분은 대화에 속한다.'고 쓰고 있다. 요컨대 결혼 생활에서 부부의 대화가 얼마나 중요한가를 표현한 것이다.

하지만 니체 자신은 평생 동안 결혼을 하지 않았다. 19세기 무렵에는 하급생의 누나를 짝사랑하고 21세 때에는 여배우 헤드비히 밸러를 사랑했다. 그리고 31세 무렵에는 여류 음악가 마틸다 페다하에게 구혼의 편지를 보냈다. 하지만 그 어느 것도 결혼으로 맺어지지 않았다. 그 후에도 니체는 러시아 장군의 딸 루 퐁 살로메와도 사귀지만 결혼에는 이르지 못했다. 그는 여성을 사랑의 대상으로 삼기보다는 자식을 낳고 집안일을 돌보는 실리적인 존재로서밖에 이해하지 않았던 것이다.

그러나 그가 주장한 '결혼은 긴 대화'라는 말은 실로 오랜 세월 인류가 살아오면서 꼭 실천되어야 할 사항이 아닐 수 없다.

아내는
젊은 남편에게 있어서는 여주인공이고,
중년의 남편에게는 친구,
노인의 남편에게는 유모이다.

 이상적인 아내의 존재 방식을 영국의 철학자 프란시스
베이컨은 이처럼 표현하고 있다.
 확실히 남성의 입장에서 보면, 젊을 때는 여주인공처
럼 이것저것 리드해 주고, 중년이 되면 친구가 되며, 늙
어서는 유모처럼 정답게 돌보아 주는 아내이기를 원하
는 것이다. 또 그렇게 생각하는 것이 자연스러운데, 무
슨 일이든 남녀평등인 오늘 날에는 남자로서 아내에게
너무 많은 것을 바라고 있는지도 모르겠다. 그러므로
다음과 같이 조금 돌려서 말해보는 건 어떨까.
 아내는 한평생 남편의 좋은 친구이기를, 여주인공도
아니고 유모도 아닌, 평생을 더불어 사는 대등한 친구
로서 지내주길….

우리에게 필요한 것

'현자는 쾌락을 희구하지 않고 고통이 없는 상태를 희구한다.' 라는 명제는 모든 처세의 최고 원칙이라 할 수 있다.

인생은 즐기는 것이 아니라 극복하고 처리해야 하는 것이다. 가장 행복한 문명을 지닌 사람이란 정신적으로나 육체적으로 아주 심한 고통을 모르고 일생을 지내는 사람이다. 반면에 미련한 사람은 쾌락이나 커다란 향락을 좇다가 웃음거리가 된다.

지혜로운 자는 재앙을 피하고, 중용의 미덕을 사랑하는 자에게는 가난의 더러운 물이 스미지 않고, 현명한 자에게는 남들이 부러워하는 저택의 화려함이 오히려 빛을 잃는다. 소나무가 높으면 더 세차게 바람을 맞고 담이 높으면 무너지는 참상도 더 심하다.

소유하고 있던 세계가 사라지더라도 낙심하지 말라. 원래가 세계는 무無이다. 세계를 소유하게 되더라도 기뻐하지 말라, 원래 세계는 무이니. 괴로움도 기쁨도 흘러가는 것, 그뿐이니 세계에 구애받지 말라. 원래가 세계는 무이다.

"그날그날을 일생으로 알아라."는 말의 의미를 깨닫고 일회적이고 현실적인 시간을 가능한 한 즐거운 것으로 만들어야 한다. 인간은 모든 욕구에서 벗어나서 허식이 없는 알몸의 생존으로 되돌아와서야 비로소 인간 행복의 기초를 이루는 마음의 안정을 조금이나마 얻을 수 있는 것이다. 현재를 나아가서 전 생애를 즐길 수 있는 경지에 도달하기 위해서는 무엇보다도 안정이 필요함을 명심하자.

완전한 것은 없다

*완전한 사랑은 없다.
사랑은 언제나 이기적이고, 주관적인 반면 존경은 객관적이다.

완전한 행복은 없다. 줄기 없는 연꽃이 없듯.

질투는 인간의 자연스러운 속성이지만 질투는 죄악인 동시에 불행이기도 하다. 우리들은 우리들의 것을 다른 것과 비교하지 말고 기뻐하자.

자기보다 나은 사람의 행복을 보고 괴로워하는 자는 결코 행복해질 수 없다. 그리고 참으로 많은 사람이 자신보다 앞서 있는 것을 본다면 많은 사람 또한 자신보다 뒤쳐져 있음을 생각하라.

***모든 것을 자신의 뜻대로 하고 싶다면 자신을 이성에 따르도록 만들어야 한다. 장님에게는 색이 존재하지 않는 것과 같이 그 사람이 가진 훌륭한 정신 능력을 다 감지할 수는 없다. 정신은 정신을 가지지 않은 사람에게는 보이지 않기 때문이다.

평가받는 사람의 가치는 평가하는 사람이 어떻게 생각하느냐에 따라 달라진다.

***완전한 사랑은 없다. 사랑은 언제나 이기적이고 주관적인 반면 존경은 객관적이다. 거짓이 없는 참다운 우정은 다른 사람의 행·불행에 대한 이해를 완전히 초월한 객관적이고 강한 관계를 전제로 하고 있다.
자신의 판단을 남이 믿어주기를 바란다면 열기를 띠지 않고 냉정하게 말해야 한다.

노여움이든 미움이든 이것을 결코 행동으로 나타내서는 안 된다. 세계를 지배하는 요소는 분별과 힘과 운이다. 어떠한 일에도 갑자기 너무 기뻐한다든가 슬퍼해서는 안 된다. 인간의 두뇌는 사자의 발톱보다 더 무서운 무기임을 알고 일에 임하자.

지혜는 어머니에게서, 용기는 아버지에게서 이어받는 것이다.
그러나 지혜와 용기는 의지와 훈련에 의해 얼마든지

갖추거나 얻을 수 있다. 누구나 이것을 완전하게 갖추고 태어나는 것이 아니기 때문이다. 사람의 진정한 가치 평가 기준은 어느 정도로 완전하게 태어났느냐는 것이 아니라 완전하기 위하여 얼마만큼 노력하느냐이다.

사랑은 기억도 아니고 생각도 아니다. 또한 계속되는 것도 아니다.
사랑이 없다면 그대는 과거를 쓸어 낼 수 없다.
사랑과 함께 있다면 그 자리에 과거란 존재하지 않는다.

지혜의 어머니, 용기의 아버지

인생은 전체가 그대로 투쟁이다. 볼테르가 '사람은 칼을 뽑아들고 비로소 이 세상에서 성공을 거두고 무기를 쥔 채 죽는다.'고 말한 것도 당연하다.

'시련을 피하지 말라. 용감하게 맞서라.'를 좌우명으로 하자. 기억은 아직 어린 아이처럼 갈피를 잡을 수 없는 변덕쟁이다.

사물을 한 번 배우면 언제까지나 잊어버리지 않게 되어 있다면 좋겠지만 현실은 그렇지 않다.

배운 것을 수시로 복습하며 되살려 놓지 않으면 점차 잊어버리게 된다. 그런데 그냥 반복하는 것은 지루하므로 복습할 때는 언제나 다른 것을 새롭게 부가하여 배우지 않으면 안 된다. '진보가 아니면 퇴보'라는 것은 이 때문이다.

결혼 생활을 하면서도 실제로는 부부간에 살아 있는

대화가 없는 사람들이 있다. 약혼 시절에는 서로가 관심을 가지고 열기에 찬 대화를 한다. 그러나 생활에 익숙해 가면서 서로 간에 이미 다 안 것처럼 생각하고 상대방에게서 그 이상의 무엇인가를 발견하려는 호기심을 잃어버리고 만다. 그런데 실제로는 서로가 전혀 이해하지 못하고 있고 아는 것도 없다.

다시 한 번 상대방에게 주의를 기울이고 인간으로서 진실하고 거짓 없이 접촉하며 진심이 깃든 대화를 나눈다면, 여태껏 상대방에 대해 잘못했음을 깨닫게 될 것이다.

지혜는 물질세계에 속하는 것도 아니고 합리적인 이성의 노예도 아니다. 현대 문명은 힘을 지향했지만 지혜는 잃고 말았다. 그러자 지혜가 없는 이는 인류를 파멸로 이끌 뿐이었다. 폭력이 사회의 곳곳에서 일어나고 있는 것은 인류가 힘만을 구했다는 증거가 아니겠는가? 현대 문명은 삶의 의미를 상실하고 있다. 인생은 목표도 없고 의미도 없고 다만 흘러흘러 표류하는데 지나지 않는다. 사람이 서로 이해할 수 있으려면, 그 첫째 조건으로 서로를 이해하려는 마음가짐을 가지고 그것을 구하며 나아가서는 그것을 당장 실천해야 하는 것임을 깨달아야만 한다.

그런데 사람들은 자신의 생활을 나타내는 데에 열중하고 그것을 정당화하고 그리고 자신을 과장하기 위해 다른 사람을 비난한다.

자기 책임을 회피하기 위해서는 누구나 상대방의 성격, 신체적인 허약, 결점, 교육 그리고 자기의 생활환경과 완전히 다른 데서 오는 영향을 탓하는 일도 가끔 있다. 물론 그러한 문제도 가벼운 것은 아니다.

가치 있는 것은 노력해서 손에 넣어야겠다는 마음을 가지자. 미리 손에 넣을 수 있는 특전이 주어지는 것은 결코 아니다. 그리고 그것을 만들어 내기 위해서는 서로 이해하는 일이 꼭 필요하다.

모든 것을 숨기거나 꾸미는 것은 실패의 조짐이 되며 파멸로 이르는 길에 들어설 뿐이다.

참다운 재생의 길은 좀 더 깊이 그리고 좀 더 어려운 상호간의 솔직함을 항상 조건으로 두고 있어야 한다.

처음으로 굴을 먹은 사람은
담대한 사람이었다

* 새로운 미래는 모험에 의해 이끌어진다. 또한 그 모험 정신에는
담대함에 의한 확실한 경험의 축적이 필요하다.

세계 문학사상 최고의 풍자 작가의 한 사람으로 일컬어지며, 『걸리버의 여행기』의 작가인 조나단 스위프트는 '처음으로 굴을 먹은 사람은 담대한 사람이었다.'고 말했다.

굴은 인간 역사의 오랜 시기부터 식용으로 삼았다고 한다. 오늘날 우리나라나 동·서양 등에는 여러 가지의 굴 요리법이 있으며, 우리의 식생활에서도 빼놓을 수 없는 재료의 하나라고 할 수 있다.

그렇지만 이 굴을 처음에 먹은 사람은 도대체 어떤 사람이었을까? 알기 쉽게 표현하기 위해 굴을 '해삼'으로 바꾸어 말해보자. 그런 것이 맛있다는 것을 어떻게 발견한 것일까? 새삼스럽게 놀라지 않을 수 없다.

먹는 것뿐만이 아니라 인간은 수많은 여러 가지의 시

행착오를 거듭하면서 문명을 형성하고, 계승해 왔다고 할 수 있다. 그 첫 걸음은 항상 모험이며 '담대한 인간'에 의해 내디뎌졌을 것이 틀림없다.

실패도 많았을 것이다. 그렇지만 실패를 두려워하지 않는 첫 걸음이 역사를 개척해 왔던 것이다.

중국의 혁명가이자 정치가인 모택동도 마찬가지로 음식을 비유로 삼아 '배의 좋은 맛을 알고 싶으면 자신이 그것을 먹어보아 배를 변혁시키지 않으면 안 된다.'고 했다. 사회변혁을 하기 위해서는 대담한 실천이 필요하다는 것을 의미하는 말이다.

이런 모험 정신이나 대담성은 때로는 일상생활의 틀에서 빠져나오지 않을 수 없는 경우도 있을 것이다. 그렇지만 새로운 것은 항상 묵은 관례나 전통에 도전하는 데에서 생겨나게 된다.

새로운 미래는 모험에 의해 이끌어진다. 물론 모험이 무턱대고 현재를 부정하고 파괴하는 것만을 의미하는 것은 아니리라. 또한 그 모험에는 대담한 정신에 의한 확실한 경험의 축적이 필요하다.

베푼다는 것의 진가

* 남을 보는 시선으로 자신을 돌아보고 객관적인 눈으로 냉철하게 판단한다면
주어진 운명조차도 바꿀 수 있을 것이다.

※ ※

남에게 베푼다는 것은 깊은 생각을 하게 한다. 기껏 베푼다고 한 일이 오히려 남을 그르칠 수가 있으며 상대의 자존심을 건드리거나 거부감을 갖도록 하는 경우도 있기 때문이다. 그것은 베푸는 것이 아니라 그 행위 뒤에 오는 자기만족을 위한 형식에 불과하다.

베푼다는 것은 뒤끝이 깨끗해야 한다. 군말이 없어야 하며 베품과 동시에 그 일과 무관해져야 한다.

우리는 주어진 운명을 탓하기 전에 순응해야 한다. 잡석에서 옥돌로 변하기 위해선 옥돌이기 이전에 똑같이 잡석이었던 것을 부정한다든지 자신을 체념해선 안 된다. 큰 그릇은 큰 그릇대로, 작은 그릇은 작은 그릇대로 살아가는 것이지 꼭 큰 그릇에 비유해 자신을 왜소하게 만들 필요는 없다. 큰 그릇이 큰 그릇임을 내세워 살아

간다면 그는 벌써 큰 그릇이 아니다. 작은 그릇 또한 자신을 돌아보고 삶을 알차게 살 때 결코 작은 그릇만으로 끝나지 않는다.

남을 보는 시선으로 자신을 돌아보고 객관적인 눈으로 냉철하게 판단한다면 주어진 운명도 바꿀 수 있으리라. 이 작업은 꼭 있어야 할 존재 속의 일원으로서 성장하기 위한 싸움이 될 것이다. 남을 이해하려면 이해하고 싶어 하는 마음을 가져야 하고 새로운 이상을 우리의 문명에 불어넣어 주어야 한다.

우리는 누구나 자기 자신을 비판한다. 우리가 만일 자신이 완전히 정직해지기를 바라고, 또 우리가 끊임없이 생활속에서 연출하고 있는 거짓된 강한 성격을 벗어던지고 진정한 자기 모습을 찾기를 원한다면, 자신은 고결하지 못하다는 것을 말하지 않으면 안 된다.

사람을 진정으로 이해하려는 마음이 있다면 그 사람의 말에 곧장 대꾸하지 말고 그의 말에 귀를 기울이는 자세를 가져야 한다. 오랫동안 그리고 주의 깊게 경청해야 한다. 타인의 마음을 열고자 하면 그 사람에게 시간을 주어야만 하는 것이다.

***인간은 동료를 찾고 있다. 아니 반려자를 찾고 또 다른 사람과의 진지한 만남을 요구하고 있다. 서로가 문제를 바로 보고 상대방과 자기 자신을 더 예리하게 이해하고 자신들의 문제에 대한 해결책을 함께 모색하는 것이 중요하다.

　직관적인 마음을 가진 사람에게 사물이란 객관적으로 존재하는 것이 아니고 오히려 그것에 대해 자기가 상상하고 연상하는 가치의 상징이 되어 진다. 그러나 과학적인 마음을 가진 사람은 사물은 존재하는 것이며 추정할 수도 있고 그 무게를 달아볼 수도 있는 것에 불과하다고 본다.

　사람은 다른 사람에 대한 순수한 관심을 가질 때에만 자신의 흥미를 얘기할 수 있다. 그리고 그런 것을 이야기할 때에만 상대방은 그 흥미가 어떤 성질의 것인지 더 잘 이해할 수 있게 된다.

　여자에게 사랑은 연주 그 자체이며 남자에게는 휴식 시간이다. 남을 이해하려면 우선 사랑의 마음을 가지고 남녀의 차이를 인정하는 자세를 갖추어야 한다.

인생이란 유희가 아니다. 또한 두 개의 영혼이 만난다는 것은 결코 열풍에 모였다가 흩어지는 모래알은 더구나 아니다.

수필은 가장 인간적인 글

천재란 오로지 인내가 만든다. 자포자기보다 더 큰 실패는 없다.
실패는 성공의 어머니, 다이아몬드가 연마 없이 광택이 날 수 없듯이
인간도 시련 없이는 완전해질 수 없다.

시나 소설이 회화적이라면 수필은 사진과 유사하다는
생각이 든다. 그림은 붓을 든 사람의 마음에 따라 갖가
지의 모습을 여러 형태로 나타낼 수 있고 부분과 부분
을 이어주는 반면, 사진은 카메라의 파인더로 보이는
부분만을 있는 그대로 나타내 줄 뿐이기 때문이다. 그
러나 사진작가는 자신이 표현하고자 하는 대상을 포착
하여 거기에 의미를 담듯이 수필가는 글 속에 자신의
사상을 나타낸다.

수필에서 간결성, 함축성을 요하듯 사진에서도 절제된
화면이 강한 인상을 남긴다. 작품으로서의 사진은 그저
대충해서 셔터만 누르면 얻어지는 것이 아니듯이 수필
도 내가 접하기 이전에 들었던 단순한 글이라는 것과는
상당한 거리가 있다.

있는 그대로 자신을 남에게 드러내는 일이란 쉬운 일

이 아니다. 하물며 그것을 무리 없는 글로 나타내기란 더더욱 어려울 것이다. 거기에는 위선과 거짓과 자기과시가 끼어들 여지가 없으니 참다운 수필이야말로 가장 인간적인 글이라 하지 않을 수 없다. 수필을 가까이 해보면 자신과 그리고 남에게 곧잘 해를 입히던 뾰족한 성격이 조금씩 다듬어지는 것을 느낄 수 있을 것이다.

그것은 남에게 나의 모습이 어떻게 비추어질까가 염려되어서가 아니라 나 자신을 위해서이다.

맷돌의 부부학

* 행복의 3대 조건은 존경, 우정, 이성간의 사랑이다. 그리고 참된 행복은 진실한
인간과 만인에게 우정을 주고 싶어 하는 사람만이 소유할 수 있다.

한가한 날에 맷돌을 바라보고 있노라면, 할머니와 어
머니가 마주 앉아 어머니는 정성스럽게 맷돌을 돌리시
고 할머니는 불은 콩을 한 숟가락씩 떠 넣으시는 환상
을 보게 된다. 또 놋쇠 숟가락이 맷돌에 부딪히는 소리
도 들리는 듯하고 낱알의 콩이 한데 어울리면서 돌아가
는 서그렁서그렁 하는 소리도 들려오는 듯싶다.

맷돌의 위아래 짝의 복판에는 쇠가 박혀 있는데 그것
을 중쇠라 하고 위짝의 것은 암쇠, 아래짝의 것은 수쇠
라고 한다니 재미있는 발상이 아닐 수 없다. 그래서 그
런지 맷돌을 보면 나는 부부의 사랑을 생각하게 된다.

사랑이라는 맷돌에 내용물을 많이 넣으면 위로 넘치고
모자라면 아래짝과 위짝이 서로 상하게 되니 넘치지도
모자라지도 않게 하는 것이 진정한 부부의 사랑 아닐

까. 한 가정도 맷돌의 위아래 짝이 여유 있게 맞듯이 부부의 뜻이 맞고 수고함이 없이는 맷돌이 돌아가지 않는다. 즉 행복을 얻기 위해서는 가족들의 힘과 노력이 필요한 것이다.

우리의 일상생활에서 맷돌이 멀어져가고 있는 만큼 우리의 생각도 쉽고 편한 것만을 쫓고 있는 것은 아닌지 반성해 보자. 베란다에 장식품처럼 놓여 있는 맷돌이기는 하지만 나는 그 맷돌을 바라볼 때마다 많은 생각이 그 속에 함께 어우러져 돌아가는 것 같은 느낌이 들곤 한다.

지혜를 좋아하는 사람

레오나르도 다빈치는 예술가로서의 활동은 말할 것도 없고 천문학이나 물리학, 지리, 토목, 생물, 해부학에 이르기까지 거의 모든 분야에 도전하여 독창적인 연구 성과를 남긴 인물이다.

또한 르네상스 시대의 이상형으로 삼은 『만능의 사람』의 대표적 존재가 되기도 했다. 그 왕성한 활동을 지탱하고 있었던 것은 끝날 줄 모르는 호기심과 사물을 탐구하는 욕망의 발고 그것이었다.

'욕망이 따르지 않는 공부는 기억을 해친다.'는 레오나르도 다빈치의 말은 '지혜를 좋아하는 사람은 참으로 많은 사물을 추구하는 사람이어야 한다.'고 한 고대 그리스 철학자 헤라클레이토스의 말을 문자 그대로 구현했다고도 할 수 있겠다.

그런데 레오나르도 다빈치의 이 말은 '식욕이 없이 먹는 것이 건강에 해로운 것처럼'이라고 하는 말로 이어지는데, 그렇게 보면 한층 이해하기 쉽다. 아무리 맛있는 음식이라도 배부르면 맛있을 턱이 없다. 억지로 먹으면 오히려 고통스러울 뿐만 아니라 몸에도 좋지 않다. 마찬가지로 할 마음이 없는 것은 아무리 질타해 보아도 뜻대로 되지 않으며, 그럴 마음이 없으면 공연히 마음만 산만해질 뿐이고 도리어 역효과가 날 경우가 많다.

초, 중학생에게 세상의 부모들이 가장 빈번하게 입에 담는 말은 '공부하라!'라고 한다. 그리고 또 아이들에게 있어서 가장 귀찮고 할 마음이 싹 가시게 하는 것도 이 말이라고 한다.

레오나르도 다빈치의 말에 비추어 보고, 이런 아이들의 반응에 대해 세상의 많은 부모들은 배려할 필요가 있으리라.

What we dwell on is
who we become

CHAPTER 2

사랑의
고백

사랑이란 사막을 걸어가는 고독의 순례자가 오아시스를 만나는 것과 같다. 순례자는 거기서 맑고 시원한 물로 목을 축이며 여장을 풀고 안도의 긴 한숨을 내쉰다. 말할 수 없는 기쁨이 솟구치고 눈동자가 별처럼 빛나며 비로소 생명의 희열을 맛본다.

인간은 어느 누구에게도 지배를 받는다거나 억압을 당해서도 안 되며
남을 지배한다거나 강압할 수 있는 하등의 권한이 없다.
자유는 주어지는 것이 아니라 얻어지는 것이다.
자유의 상실은 생활의 상실이며 죽음이다.

사랑의 고백

고독으로부터 도망치려는 시도는 어리석은 인간의 무모한 발버둥에 지나지 않는다. 고독은 그림자와도 같은 것이라 여전히 자기 곁에 머물러 있는 것이다.

＊＊＊인간은 고독한 나그네다. 한 인간의 생애는 마치 바닷가에 새겨진 발자국과도 같다. 우리는 조개를 주우며 밀려오는 파도를 바라보기도 하고 또는 지나온 발자국들을 신기한 듯이 바라보며 모래 위를 걷기도 한다.

＊＊＊천재는 낙서를 좋아한다. 천재는 고독하다. 낙서는 고독의 울음이요, 눈물이며 그 울음과 눈물을 품위 있는 교양으로 감추어 버린 소리 없는 시다.

＊＊＊낙엽은 꿈을 잃어버린 시체와 같은 것이며 인간은 자연속에 살고 있다. 인간도 자연에서 나서 자연으로 돌아간다.

✻✻✻슬픔이란 아름다운 것, 그러나 그것은 장미꽃의 덤불 속처럼 우리 스스로가 뛰어들 곳은 못된다. 또한 슬픔이 아무리 달콤한 듯해도 스스로를 빠뜨릴 술독은 아니다. 진실한 기쁨은 오히려 남들이 모르는 기쁨일 때가 많다.

 ✻✻✻자기의 양심과 정의감, 진실한 분노, 거룩한 희생⋯⋯. 이런 기쁨들은 대개 비밀에 속하는 것이 많다. 사랑은 눈으로 고백하고 행동으로 고백하는 것이다.

 사랑이란 사막을 걸어가는 고독한 순례자가 오아시스를 만나는 것과 같다. 순례자는 거기서 맑고 시원한 물로 목을 축이며 여장을 풀고 안도의 긴 한숨을 내쉰다. 그에게서는 말할 수 없는 기쁨이 솟구치고, 눈동자가 별빛처럼 빛나며 비로소 생명의 희열을 맛본다.

 ✻✻✻서로의 인격을 존중하고 서로 이해하며 스스로 자기 인격을 지킴에 있어서 조금도 양보가 없을 때 진실한 사랑은 가능한 것이다. 또한 참된 애정은 완전한 믿음속에만 깃드는 법이다.

 프랑스의 시인 뭇세는 "사내놈들은 모두 거짓말쟁인

데다 들떠 있고 수다스럽고 위선자이며, 교만하지 않으면 비겁하고 천박한 물건들이며 또한 성욕의 노예들이다. 여자들은 모두 믿음직스럽지 못하고 교활하고 허영에 떠 있고 콧대가 높으며 근성은 썩어 있다."고 인간을 평가했다.

인간은 애초부터 모두 미완성품이다. 그러한 인간의 영혼을 서로 청실홍실의 끄나풀로 묶어주는 것이 결혼이다. 영혼이 서로 맺어지면서 육체도 맺어진다. 영혼이 서로 맺어졌다는 전제하의 육체관계만이 참된 기쁨이요 아름다움이다.

***기쁨이란 행복이다. 우리는 불행할 때 불행을 분명히 알지만 행복할 때는 행복을 분명히 모른다.

처음에 행복이 다정한 손님처럼 자신의 가슴속에 스며들어 올 때 우리는 웃음으로 그를 맞이하며 기쁨에 넘치지만, 그러나 행복이 가슴속에 들어와 이미 자리를 잡고 난 뒤에는 그 행복의 존재를 까맣게 잊어버린다.

행복은 진실한 인간만이, 그리고 널리 이 세상을 바라보며 만인에게 우정을 주고 싶어하는 사람만이 조유할 수 있는 것이다.

행복의 3대 조건은 존경과 우정과 이성간의 사랑이다. 행복이란 항상 신념과 용기가 있는 사람, 상처를 입고서도 줄기차게 그 목표로 치닫는 사람에게만 그 대가로서 부여되는 것이며, 기다림은 우리에게 오늘의 괴로움을 견딜 수 있는 용기와 인내력을 준다.

참된 행복은 평범한 생활속에서 얻어질 수가 없다. 참된 행복은 물질적인 욕망의 충족만으로는 이루어지지 않는다. 우리가 비록 쓰디쓴 실패를 경험하는 한이 있더라도 그것을 두려워한 채 말단 인간으로 평생을 허비할 수 는 없는 것이다.

그리고 혹시 실패가 있다 하더라도 그것은 용사만이 소유하고 있는 아름다운 상이 훈장이거늘 어찌 이것 역시 영광이 아닐 수 있으랴!

참된 명예에는 존경이 따른다. 그리고 그 사람에 대한 믿음이 따른다.

인생은 꿈꾸는 시대, 방황하는 시대, 정착하는 시대, 추억하는 시대의 사계절로 구분지어 진다.

슬픔과 괴로움들이 밀물처럼 가슴속에 밀려올 때면 우리들은 머나먼 과거로 도피해 나가는 수가 있다. 아무런 슬픔도 괴로움도 모르고 철없이 뛰어놀던 어린 시절을 그리워하는 것이다. 그리고 그때야말로 가장 행복했던 시절이었다며 아쉬워한다.

겸손의 씨를 뿌리는 사람

***겸손의 씨를 뿌리는 사람은 우정의 꽃을 피우고, 친절의 나무를 심는 사람은 사랑의 열매를 거둔다. 사랑 없는 속박은 야만 행위이며 속박 없는 사랑은 자멸 행위이다. 사랑에 낭비란 없다.

***남을 용서하는 사람은 남에게 용서받을 자격이 있는 자이며, 그 용서란 이해를 바탕으로 삼는다.

우정이란 온 세상을 이어주는 유일한 접합제이며 겸손은 타인들의 호의와 애정에 보답하는 조그마한 대가다.

진정 위대한 것은 헌신적인 사랑이다. 세상의 어두움은 그림자에 불과하며 바로 그 뒤 손 닿는 곳에 기쁨이 있다.

사람은 바빠야 행복하다. 몸은 일을 하고 머릿속은 꽉 차 있고 마음은 만족해야 한다. 기쁨과 휴식과 절제만 갖춘다면 의사와는 담을 쌓아도 좋다.

＊＊＊행복이란 자기 몸에 뿌려서 남에게 향기를 선사하는 향수와 같다.

삶에는 두 가지 비극이 있다. 하나는 소망을 품는 것이요 또 하나는 소망을 품지 않는 것이다. 가난한 사람은 적게 가진 사람이 아니라 많이 원하는 사람이며 진짜 행복한 사람은 험한 길을 지나면서도 주변의 경치를 즐기는 사람이다.

＊＊＊성공은 찬란한 태양이다. 스스로 행복한 것이 남의 행복에 최대의 공헌을 한다. 감사하는 마음은 최대의 미덕일 뿐 아니라 또 다른 미덕의 어머니다.

＊＊＊미소는 비용이 들지 않는 자비로움이라 할 수 있다. 미소는 피곤한 사람을 쉬게 하고 슬픈 사람을 기쁘게 하며 걱정에 가득 찬 사람을 위로한다.

삶이란 가시에서 꿀을 핥는 것과 같다.

감사함은 기억하는 마음이며 기쁨은 날개요, 슬픔은 자극이다. 행복한 삶의 비결은 좋아하는 일을 하는 것이 아니라 자신이 하는 일을 좋아하는데 있다. 그리고 남을 행복하게 해주는 데에 행복한 삶의 비결이 있다.

***만족의 비결은 가진 것을 즐기고 분에 넘치는 욕심을 버릴 줄 아는 것이다.

　***행복은 종착역에 있는 것이 아니라 여행 도중에 있다. 성공은 원하는 것을 얻는 것이고 행복은 얻고자 하는 마음가짐에서 비롯된다. 패배는 그것을 삼키지 않는 한 쓰지 않다. 내일 피는 꽃들은 오늘 뿌린 씨가 자란 것임을 기억하자.

인생의 행복은 사색의 능력에 달려 있다.

삶의 영광은 사랑받는 것이 아니라 사랑하는 것이고, 봉사 받는 것이 아니라 봉사하는 것이다. 모든 것이 다시 시작되는 새벽은 정신을 맑게 하고 마음을 깨끗이 하며 시야를 맑게 할 기회이다.

오늘을 어제의 찌꺼기로 더럽히지 말자. 마음이 외롭나면 얼굴이 아름다울 것이요, 얼굴이 아름답나면 가정이 조화로울 것이요, 가정이 조화롭나면 나라에 질서가 있을 것이요, 나라에 질서가 있나면 세계의 평화가 있을 것이다.

진정한 행복이란

* 행복한 가정을 이루자면 재산이 있는 쪽이 좋다. 재산을 늘리기 위해 궁리하고
노력하는 것은 좋다. 하지만 그것에만 넋을 잃게 되면 본래의 목적인
행복한 가정을 이루지 못할 염려도 있다는 것을 알아두기 바란다.

독일의 철학자 쇼펜하우어는 유복한 은행가 아버지가
있으면서도 거의 독학을 하다시피 하여 자신의 학문을
형성했다.

그는 33세로 베를린 대학의 강사가 되었다. 하지만 당
시에는 자신과는 대조적인 생각을 가진 헤겔에 대한 평
판이 높았기 때문에 그 자리에서 물러나 재야의 인물로
서 일생을 마쳤다.

우리 인간은 의지를 가지고 산다. 그렇지만 인간의 의
지는 항상 무엇인가에 의해 저지되게 마련이므로 살아
가는 것은 고통이며 인생은 비극이라고 쇼펜하우어는
주장하였다.

그러나 그도 사물에 대한 상당히 비뚤어진 견해를 가
지고 있었으며, 금전에 관해서도 몇 가지 에피소드를

남기고 있다. 일예로 어떤 사람이 쇼펜하우어를 비난한
일이 있었다.

"그렇게 돈에 집착하다니 철학자답지 않군요."

그러자 그는 "나는 나 자신에게 돈벌이의 재능이 절대
로 없다는 것을 알고 있기 때문에 하다못해 사용하는
쪽을 신중히 하고 있을 뿐이오." 라고 대답했다.

또 한 번은 어떤 사람이 쇼펜하우어에게 "저 여성은
부자인데도 인색해요." 라고 하자 쇼펜하우어는 "당연
하지요. 가난한 사람은 가난 같은 것이 괴롭지 않기 때
문에 마구 사용하지만 부자는 가난을 두려워하기 때문
에 구두쇠가 되는 것이오." 라고 했다.

어느 쪽도 비뚤어져 있기는 하지만 진리를 찌른 것이
라고 할 수 있다.

그는 '돈이란 것은 갖고 싶다고 원하면 원할수록 더
갖고 싶어지는 것으로 제한이 없는 대상이어서, 적당한
선에서 만족하지 않으면 바닷물을 너무 마셔 죽고 마는
것처럼 신세를 망치는 원인이 된다.'고 했다.

행복한 가정을 이루자면 재산이 있는 쪽이 좋다. 따라
서 재산을 늘리기 위해 궁리하고 노력하는 것은 좋다.

하지만 그것에만 넋을 잃게 된다면 본래의 목적인 행복한 가정을 이루지 못할 염려도 있다는 것을 알아두기 바란다.

오늘에 충실한 사람은 내일이 있다는 것을 생각지 않는다.
모든 것을 지금 있는 그대로,
그 존재하는 것만을 실핀다.
생활의 진실이 충실이며 충실이 생의 가치이다.

인격은 가장 고귀한 재산

＊인생은 항해와 같다. 우리가 배와 날씨를 선택할 수는 없지만
돛을 조정하고 키를 움직여 나아갈 방향을 결정할 수는 있다.
1분 동안의 사색은 산 시간 동안의 말보다 가치 있다.

인생에서 두려워할 것은 아무것도 없다.

단지 이해할 일이 남아 있을 뿐이다. 돈을 꾸러 가는 길은 슬픔으로 가는 길과 통하며 즐거움을 가장 싸게 사는 사람은 가장 부자이다. 깨끗한 양심은 포근한 베개이다. 청빈하게 살도록 교육받은 사람은 많은 유산을 물려받은 어떤 사람들보다도 더 귀중한 유산을 물려받은 것이다.

인생은 항해와 같다. 우리가 배와 날씨를 선택할 수는 없지만 돛을 조정하고 키를 움직여 나아갈 방향을 결정할 수는 있다. 1분 동안의 사색은 산 시간 동안의 말보다 가치 있다.

천재란 오로지 인내가 만든다. 자포자기보다 더 큰 실패는 없다. '실패는 성공의 어머니'라는 말도 있지 않

은가. 연마 없이 다이아몬드가 광택이 날 수 없듯이 인간도 시련 없이는 완전해 질 수 없다.

 또한 실패는 노력을 계속하면 결코 겪어볼 수 없는 현상이다.

 인내의 비결은 한편으로 다른 일에 몰두하는 것이다. 이 넓은 세상에 단 한 사람만이 당신을 정복할 수 있으며 그는 바로 당신 자신이다. 가장 좋은 경치를 보고자 한다면 정상에 올라야 하는 것이다.

 인생에서 가장 힘든 일은 시간과 공간을 정복하는 일이 아니라, 자신의 어리석음과 타성을, 탐욕스러움과 까다로움을, 두려움과 아량 없는 독단을 정복하는 일이다. 이해받지 못할까를 걱정하지 말고 이해하지 못할까를 걱정하라. 당신을 지치게 하는 것은 눈앞의 산이 아니라 신발속에 들어 있는 작은 모래알이다.

 오늘 친절한 말을 하면 내일 그 열매를 맺는다. 친절한 태도는 친절한 마음에서 우러나오고 훌륭한 태도는 사심 없는 친절의 소산이다.

 진정한 고결함은 상냥한 마음에서 나오며, 친절은 병

어리가 말을 할 수 있고 귀머거리가 알아들을 수 있는 언어이다.

　상대방의 장점에는 눈을 뜨고 상대방의 단점에는 눈을 감으라. 또한 실수를 인정하는 것은 약함을 자인하는 것이 아니라 강함을 드러내는 것임을 기억하자. 은혜를 베풀었으면 그것은 잊어버리는 게 좋다. 하지만 은혜를 입었다면 그것을 결코 잊어서는 안 된다.

　인격은 세상에 있어서 그리고 삶에 있어서 가장 고귀한 재산이다. 진실은 모든 지식을 쌓은 토대이자 모든 사회를 결속시키는 시멘트와 같다. 그리고 선은 사물 자체에 있는 게 아니라 그것을 어떻게 사용하느냐에 달려 있다.

　인격은 선물이 아니라 승리이며 선행은 절대로 실패하지 않는 유일한 투자이다. 성공으로 가는 길을 가르쳐 주는 지도는 없다. 당신 스스로 길을 발견해야 한다. 덕을 갖추고 길을 나아가면 외롭지 않을 것이고 반드시 이웃이 생기게 마련이다.

　논쟁을 해결하는 유일한 방법은 누가 옳은가가 아니라

무엇이 옳은가를 따져보는 것이다. 남이 자기를 알아주지 않음을 걱정하지 말고 내가 남을 알지 못함을 걱정해야 한다.

 세상에서 가장 훌륭한 설교란 남에게 훌륭한 모범을 보이는 것이다. 아이들에게는 나무라는 사람보다 본을 보여주는 사람이 더 필요함을 기억하자.

삶은 여락의 샘이지만
천한 사람과 함께 마시면 맑은 샘물도 더러워진다.

어떻게 늙어갈 것인가를 안다는 것

*많은 말로 적은 것을 이야기하지 말고 적은 말로 많은 것을 이야기해라.
이 모든 것은 우리가 이미 다 알고 있는 평범한 것들이다.
그러나 중요한 것은 이것들을 다시 한 번 생각해 보는 것이다.

사람들을 신뢰하는 사람은 신뢰하지 않는 사람보다 실수를 더 적게 한다. 올바르게 살아가야 할 시기를 연기하는 사람은 강물이 마르면 건너가려고 기다리는 답답한 사람과 마찬가지 인물이다. 세상에서 가장 좋고 아름다운 것은 볼 수도, 만질 수도 없고 다만 마음으로 느껴질 뿐이다. 과거는 변호될 수 없지만 미래는 아직 당신의 손 안에 있다. 인생은 영원하고 사랑은 불멸하며 죽음은 지평선에 불과하다. 미래가 무엇을 준비하고 있는지를 물으려 하지 말고 매일매일 가져다주는 모든 것을 선물이라 여겨야 한다.

길이 없으면 가지 못하는 것과 같이 진실이 없으면 아무것도 알지 못한다. 친구를 잃은 사람은 더 소중하고 많은 것을 잃은 것이지만 믿음을 잃은 사람은 모든 것을 잃은 것이다.

어떻게 늙어갈 것인가를 안다는 것은 으뜸가는 지혜를 얻는 것이다. 지혜란 가장 알 만한 가치가 있는 것을 아는 것이며 가장 행할 가치가 있는 것을 행하는 것이다.

양심은 당신들 자신을 아주 작다고 느끼게 하는 작은 목소리이다. 그리고 인생에서 성공하는 가장 좋은 방법은 당신이 다른 사람들에게 하는 충고대로 행동하는 것이다. 인생은 사다리와 같아서 우리가 내딛는 모든 걸음은 올라가거나 내려가는 것이다. 성공했다고 교만해진 사람은 실패를 마주보게 되고 만다.

아는 것을 안다고 하고 모르는 것을 모른다고 하는 것, 이것이 진정한 앎이다.

진실로 가장 위대한 친구는 시간이며 변치 않는 동료는 겸손이다.

열린 마음이 있는 곳에는 언제나 새로운 땅이 열려 있다. 현명한 사람은 항상 침묵하는 사람이 아니라 언제 침묵해야 할지를 아는 사람이다.

화를 잘 내는 사람은 언제나 나쁜 결과를 만들게 마련이며 최대의 승리는 자신을 정복하는 일이다. 위엄이란 마음속에 절대로 있어서는 안 되는 것을 입에 올리지 않는 능력을 말하고, 훌륭한 태도란 나쁜 태도를 즐겁게 참아낼 수 있는 것을 말한다.

부주의한 말 한마디가 싸움의 불씨가 되고
잔인한 말 한마디가 삶을 파괴합니다.
쓰디쓴 말 한마디가 증오의 씨를 뿌리고
무례한 말 한마디가 사랑의 불을 끕니다.
은혜로운 말 한마디가 길을 평탄케 하고
즐거운 말 한마디가 하루를 빛나게 합니다.
때에 맞는 말 한마디가 긴장을 풀어주고
사랑의 말 한마디가 축복을 줍니다.

근거 없거나 쓸데없는 말을 하기 보다는 차라리 진주를 아무 데나 던져 버리는 게 낫다. 또 많은 말로 적은 것을 이야기하지 말고 적은 말로 많은 것을 이야기해라. 이 모든 것은 우리가 이미 다 알고 있는 평범한 것들이다. 그러나 중요한 것은 이것들을 다시 한 번 생각해 보는 것이다.

영원한 우정을 맺는 가장 중요한 길

＊ 진실 되고 변함없는 우정은 어느 날 우연히 싹트는 것이 아니다. 그것은 끈기 있
는 노력의 산물이다. 그리고 그 노력의 형태에 따라서 우정의 형태도 서로 달라진
다. 영원한 우정을 맺는 가장 중요한 길은 베푸는 일이다.

꾸지람속에서 자란 아이는 비난하는 법을 배우고

적대감속에서 자란 아이는 싸움을 배우고

비웃음속에서 자란 아이는 소심하게 되고

부끄러움속에서 자란 아이는 죄책감을 느끼고

관용속에서 자란 아이는 자신감을 갖게 되고

칭찬속에서 자란 아이는 감사하는 마음을 갖게 되고

공정함속에서 자란 아이는 신뢰를 갖게 되고

허락속에서 자란 아이는 자신을 사랑하게 되고

인정과 우정속에서 자란 아이는

세상에서 사랑을 발견하리라.

미소는 비용이 들지 않으면서도 모든 사람들에게 격려가 되는 것이지. 또한 남에게 아무리 내주어도 내 안에 남아 있는 유일한 것은 미소란다.

친구를 사귀는 일보다 더 값진 것은 없으니 그 기회를 놓치지 말아야 한다. 사람들은 끊임없이 더불어 살아가는데 예기치 못한 순간과 장소에서 친구는 도움을 주지만 원수는 방해를 한다는 걸 잊어서는 안 된다. 친구를 찾을 때에는 한쪽 눈을 감고 친구를 지키려고 할 때에는 두 눈을 모두 감아 버려라.

자신이 가진 것을 남에게 베푸는 것은 베푸는 것이라고 할 수 없다. 자신을 베푸는 일이야말로 진정한 의미에서의 베품이지. 우정에서 누릴 수 있는 한 가지 특권이 있다면 그것은 친구를 격려하고 신뢰하며 기쁨을 함께 나누어 가지는 일이다. 진실한 마음으로 친구의 말에 귀를 기울이고 진지하게 이해하려는 태도가 필요해.

나는 혼자뿐이고 지금 혼자이다. 그래서 나는 모든 것을 다 감당해 낼 수는 없어. 그러나 내가 할 수 있는 일은 비록 그것이 어떤 일의 적은 부분에 지나지 않지만, 그 일만큼은 기꺼이 감당해 낼 수 있지.

서로 아무리 멀리 떨어져 있더라도 이해하는 마음을 서로 나눌 수만 있다면 이 세상을 아름다운 정원으로 만들 수 있단다.

　진정한 친구는 너희들이 실수를 해서 난처해졌을 때 너희들이 평소에는 그렇지 않았다는 것을 알고 있는 사람이다. 마음의 문은 안에서만 열리듯이 우정은 우정으로서 구할 수 있는 것이지.

　우정이란 함께 있을 때 상대방의 참모습을 격려해주는 것이야. 사랑이란 너희의 모든 것을 아는 것이며 있는 그대로의 너희를 사랑하는 것이지. 사랑은 우리 모두가 배워야 할 감정이란 걸 늘상 염두에 두길 바란다.

－사랑하는 아빠가

사람마다 귀가 있고 눈이 있고 머리가 있고 가슴이 있다고 해도
들을 줄 알고 볼 줄도 알고 생각도 할 줄 알고 느낄 줄 아는 것이 있어야 한다.
사람을 파멸로 이끄는 것은 천재지변이나
불가항력적인 자연의 힘이 아니다.

사랑은 있는 대로 주는 것

※ 결혼이란 과거속에 사는 것이 아니다.
행복한 삶을 누리려면 서로 용서하고 잊어버리는 훈련을 익혀야한다. 또한 겸손하
고 온유하게 대하고 서로 참으며 사랑으로 실수를 감싸주어야 한다.

남성에게 있어서 사랑은 인생의 일부분이지만 여성에게는 인생의 전부이다. 그리고 그런 사랑에는 두려움이 없고 완전한 사랑은 모든 두려움을 몰아낸다.

모든 사랑의 체험은 자기 발견의 여행이야. 우리가 사랑하고 있는 사람에 관해서 많은 것을 알게 될수록 우리는 자기 자신에 관해 더 많은 것을 알게 되는 것이다.

옳은 것을 비판하지 말아라. 남을 함부로 단정 짓지도 말아라. 남을 용서하면 나도 용서받는다는 것을 명심하자.

※※※사랑이란 베풀고 용서하고 고난을 헤쳐 나가는 것이며 있는 대로 주는 것이란다. 왜냐하면 베풀고 베풀고 또 베푸는 것이 사랑의 특권이기 때문이지.

또한 그러한 사랑을 자라게 하는 것은 희생이란다. 성

숙한 사랑은 기다릴 줄 알고 모든 것을 함께 나누며 서로를 이해할 줄 알지.

 기쁨은 사랑의 노래이고 평화는 사랑의 휴식처이며 인내는 사랑의 오랜 참음이란다. 또 기다림은 사랑의 인내이며 자비는 사랑의 손길이야. 선행은 사랑의 특성이고 성실성은 사랑의 습관이며 온유함은 사랑의 헌신이고 자제는 사랑이 쥐고 있는 고삐이다.

 사랑받는다는 것은 불타오르는 것이란다. 사랑한다는 것은 마르지 않는 기름으로 밝게 비추는 것과 같지. 또한 사랑받는다는 것은 망하는 것이고 사랑한다는 것은 망하지 않는 것이야. 사랑은 죽음처럼 강한 것이고 시샘은 저승처럼 극성스러운 것이어서 사랑하는 연인도 결혼하지 않으면 멀어져갈 수밖에 없어.

 그리고 사랑은 우리의 삶 속에서 자연적으로 생겨나는 것이 아니라 이기심과 질투, 그리고 무관심에서 솟아나는 것이야. 사랑은 선물과도 같은 것이어서 끊임없이 새롭게 태어나야 하지. 또한 사랑이란 하나의 행동으로 그치는 것이 아니라 일생동안 늘 배우고 깨닫고 성장하는 모험과도 같은 하나의 풍조이어서 한 번의 포옹으로 성취되는 것이 아니란다.

사랑은 모든 것을 덮어주고 모든 것을 믿고 모든 것을 바라고 모든 것을 견디어 낸다고 성서에 씌어 있다.

결혼이란 과거속에 사는 것이 아니란다.

우리의 인생에 내일이 없다면 오늘의 귀중한 시간을 낭비하고 냉담한 침묵의 벽을 쌓아가며 되는 대로 살아갈 것이다. 그러나 우리에게 소중한 내일이 있기에 우리는 오늘을 소중히 살아가는 것이지.

행복한 삶을 누리려면 서로 용서하고 잊어버리는 훈련을 익혀야한다. 겸손하고 온유하게 대하고 서로 참으며 사랑으로 실수를 감싸주어라.

너희도 서로 온유하며 부드러운 마음으로 용서하도록 하렴. 훌륭한 한 아내는 남편의 자랑이요 기쁨이며 귀중한 보석보다 더 값진 존재란다.

남편이 아내를 신뢰하면 아내는 남편에게 만족을 줄 것이다. 아내는 일생동안 남편을 의지하며 또한 도움을 베푸는 존재이니 강하고 우아하며 늙음을 두려워하지 않지.

그리고 아내의 말은 지혜로우며 친절로 모든 것을 다

스린다.

남편에게 남자의 권리를 허락하라. 남편이 아내의 마음을 헤아려 주기를 기대하지 말거라. 안락과 기쁨과 평화, 그리고 사랑은 오직 마음에서 우러나오기 때문이란다.

***사랑을 표현하는 방법을 아는 사람은 부모에게서 많은 사랑을 받아본 사람이다. 자녀는 이 세상의 그 누구보다도 자신의 부모에 대해 매우 친밀하고 또한 정직하게 알고 있는 법이다. 그러므로 자녀들이 사랑에 대해서 배우는 것은 부모들로부터이며 자녀를 위해 아버지가 할 수 있는 일 중에서 가장 중요한 것은 아내를 사랑하는 일이란다.

진정한 축복을 받으려면 사랑받으려 하기보다 먼저 사랑하라. 삶의 의미를 느끼려면 너희가 열망하고 원하는 것을 타인에게 베풀어라. 그러면 너희의 영혼은 풍성하고 축복받은 삶을 누리게 될 것이다.

***인생은 영원하고 사랑은 불멸하며 죽음은 지평선에 불과하단다. 그리고 지평선은 단지 우리 시야의 한

계일 뿐이란다. 만일 우리가 수많은 영혼들에게 빛을
발할 수만 있다면 가장 행복한 삶이 될 것은 틀림없는
사실이지. 마치 훌륭한 선원이 항구에 다가올 때 모든
돛을 내리고 조용히 들어오듯이 우리도 세속의 돛을 내
리고 우리의 마음을 열어나가야 한다.

　＊＊＊사랑은 우리들의 비참함의 하나의 표징表徵이란다.
　신에 대한 사랑은 기쁨과 괴로움이 같은 정도여서 감
사하는 마음이 생기게 될 때 가장 순수하지.
　행복한 사람이 누군가를 사랑한다는 것은, 불행에 빠
져 있는 사랑하는 사람의 괴로움을 나누어 맛보고 싶다
고 생각하는 일이 아니어서는 안 된다.
　불행한 사람이 누군가를 사랑한다는 것은, 사랑하는
사람이 기쁨에 싸여 있음을 아는 것만으로 만족하고,
그 기쁨에는 관여하지 않고 또 그것에 관여하려고 바라
지도 않아야 하는 일이다.
　＊＊＊인간의 순결한 사랑은 참된 사랑의 비교적 낮지 않
은 표상이란다. 사랑은 항상 더욱 더 멀리로만 향하려
한다. 그러나 한계가 있게 마련이지. 자기 이외의 인간

들의 존재 자체를 맞아들이는 일, 그것이 바로 사랑이란다.

    ※※※향락에의 욕망은 모두 미래속에 있다. 우리는 착각의 세계에 속해 있는 거야. 우정은 은총과 같은 차원의 것이지. 고뇌는 생명의 뿌리를 뽑는 것이어서 벌겋게 달구어진 쇠처럼 우리를 단련시키기도 하고 낙담시키기도 한단다.

  인간은 신에 대한 복종을 결코 피할 수 없다. 피조물이기에 복종할 수밖에 없는 것이지. 지성적이고 자유로운 피조물로서의 인간에게 주어진 유일한 선택은, 그 복종을 소망하느냐 않느냐 하는 둘 중의 하나이다. 만약 인간이 복종을 소망하지 않는다 할지라도 그는 자신이 기계적인 필연성에 종속되어 있는 물건인 만큼 끊임없이 복종하고 있는 것이란다.

−사랑하는 아빠가

인간은 어느 누구에게도
지배를 받는다거나 억압을 당해서도 안 되며
남을 지배한다거나 강압할 수 있는 하등의 권한이 없다.
자유는 주어지는 것이 아니라 얻어지는 것이다.
자유의 상실은 생활의 상실이며 죽음이다.

소중한 가정

*인간은 집에서 편히 쉬며 피로를 풀고 내일을 대비한다. 자신이 원하는 것을 찾아 세상을 돌아다니다가 가정에 돌아와 그것을 찾아내곤 한다.

'인간은 자신이 원하는 것을 찾아서 세상을 돌아다니고, 그리고 가정에 돌아왔을 때에 그것을 찾아낸다.'

이것은 20세기 초두에 활동한 영국 작가 조지 무어의 말이다. 그는 20대를 파리에서 지내고 귀국 후에는 프랑스 자연주의 문학을 계승하였으며 아일랜드의 문예 부흥에 공헌하였다.

그에 의하면 우리 인간은 갖가지 욕망이나 꿈을 안고 산다. 그리고 그런 것들을 충족시키고 만족시켜 주는 것을 추구하며 무턱대고 세상을 돌아다닌다. 그런데 정작 그것은 세상에는 없고, 가장 가까운 가정에 있을 때가 많다고 한다.

밖에서 돌아다니다가 집으로 돌아왔을 때에 비로소 그것을 깨닫게 된다는 것이다.

＊＊＊인간에게 있어서 가정이 얼마나 중요한가를 나타내는 말이 아닌가 싶다. 사회생활을 영위하는 인간에게 있어서 가정은 기지基地와 같다. 집에서 편히 쉬며 피로를 풀고 내일을 대비한다. 이 기지가 중요하다는 것은 두말할 나위도 없다. 그렇지만 가정의 중요성은 그것에 그치지 않는다. 다리가 뻣뻣해질 만큼 세상을 돌아다녀도 얻을 수 없는 그런 중요한 무언가를 발밑의 바로 거기에 있지 않느냐고 무어는 말한다.

 그것이 부부의 사랑일까 또는 부모와 자식의 정일까, 아니면⋯. 행복한 모습은 각인각색各人各色이라도 행복의 원점 자체는 의외로 가까운 곳에 있을 것 같다.

여자답게 사랑함으로

*사랑은 애초에 논의할 성질의 것이 아니다.
사랑에 관한 논의는 모든 사람을 파괴해 버리고 만다.*

❧

사랑이란 자신의 행동을 인식하는 일이야. 상대방을 위해 모든 책임을 다할 수 있는 능력과 성실에 대한 확실한 의지이며 상대방을 단순한 동침자로 보지 않고 성행위 자체에서도 서로를 존중할 수 있는 완전한 인격체로 인식하는 것이지. 그리고 성행위는 인간관계의 모든 것 속에 용해되어 그것 자체가 목적이라기보다는 진정한 애정의 표현이 되어야 한단다.

순결이란 우리의 욕망을 초월하여 신이 우리에게 부여한 가장 아름다운 선물 중의 하나란다. 고통에는 육체적인 것도 있고 정신적인 것도 있으며 일시적인 것이 있는가 하면, 오래 지속되는 것도 있어. 우리는 육체적인 고통을 아픔이라고 부르고 정신적인 고통을 고뇌라고 부르지.

'여자답게 사랑하는 것으로서 여자는 점점 더 깊이 여자가 된다.'라고 말한 게 니체였던가. 발자크는 '높은 단계에 있어서는 남자의 생활은 명예이고 여자의 생활은 연애이다. 마치 남자의 생활이 부단한 행동인 것처럼 여자는 자신의 생활을 부단히 제물로 바침으로서만 남자와 어깨를 나란히 할 수 있는 것.'이라 했어. 그러나 그 말은 잔학한 속임수일 뿐이야. 남자는 교육을 받으면 일을 할 수 있지만 여자는 교육을 받은 다음엔 잡초가 되어 버리기 때문이란다.

요즘은 여성 전문 경영인도 많아 경제력을 주도하는 시대에 살고 있으므로 복합적인 일은 여성이 더 뛰어나다고 할 수 있지.

인간은 고독한 존재로 창조된 것이 아니므로 상호 관계가 의혹과 불신감 때문에 단절되었을 때는 본능적으로, 손을 잡고 나아가야 할 남녀 사이에 설명하기 어려운 장애와 나쁜 감정이 생겨나게 마련이다. 그럴 때 남녀가 서로의 가치를 이해하고 인정해 주면 보람 있는 생활을 할 수 있지.

사랑은 애초에 논의할 성질의 것이 아니야. 사랑에 관

한 논의는 모든 사랑을 파괴하고 말지. 사랑한다는 것은 일반적으로 좋은 일을 하려고 원하는 마음을 뜻한다. 사랑에 미래라는 것은 없어, 사랑은 오로지 현재 이 순간의 활동일 뿐이란다.

　현재 당장 사랑을 나타내지 않는 사람은 사랑을 지니지 않은 사람이다. 참으로의 사랑은 삶 그 자체야. 오직 사랑하는 자만이 진실로 살고 있는 것이란다. 사랑은 이성의 끝맺음이 아니고 또한 일정한 활동의 결과도 아니지. 그것은 환희에 찬 생명 활동 그 자체란다.

　'참사랑은 개인의 동물적인 행복을 버렸을 때 비로소 가능해진다.' 고 톨스토이는 말했다. 또 사랑의 세 가지는 미적인 사랑과 헌신적인 사랑, 실천적인 사랑으로 나뉜다고도 했지.

　미적인 사랑이라는 것은 감정 그 자체와 그걸 표현하는 아름다움에 대한 사랑이야. 헌신적인 사랑은 자기 자신을 희생하는데 기쁨을 느끼는 사랑이고 실천적인 사랑은 사랑하는 사람의 모든 요구, 희망 혹은 변덕스러움이나 악덕까지도 애로라지 만족시키려고 노력을 아끼지 않는 사랑을 일컫는 거란다.

인간 이외의 모든 동물들은 사랑이라는 말이 없으면서도 얼마든지 뜨거운 사랑을 실천하고 있다. 하지만 그것은 어디까지나 동물적인 사랑에 지나지 않아 사랑은 자신보다도 다른 존재를 우선 인정하는 것임을 너희는 꼭 기억하길 바란다.

-사랑하는 아빠가

사랑은 갈구하고 욕망을 채워주는 데서 오는 것이 아니라 내게 있는 작은 것이라
도 베품으로써 더 큰 사랑이 채워진다.
사랑은 나누지 못할 때 빛과 향기를 읽은 채
시들고 사라진다.

나를 가장 많이 닮은 타인

＊사랑을 표현하는 방법을 아는 사람은
부모에게서 많은 사랑을 받아본 사람이다.

  '어떤 거리도 혈연을 끊지는 못한다. 형제는 영원히
형제다.'

  옥스퍼드 대학에서 『시가詩歌』를 강의한 영국의 신학
자이자 시인인 존 키블의 말이다. '형제는 영원히 형제
이다." 라고 단언하고 있는 것이 멋지다. 우리식으로 말
하면 '피는 물보다 진하다.' 가 될까.

  이 말은 다시 '아무리 격렬한 무정도 분노도, 이 자력
磁力보다 나을 수는 없다. 노여움에 사로잡힐 일이 있었
다고 해도 형제가 서로를 이해하며 맞당기는 힘은 어떤
자력보다도 강대하다.' 라고 이어진다.

  어린 시절에 아무리 사이가 좋아도 장성한 뒤에는 생
판 모르는 사람보다 더 사이가 나빠지는 형제가 없는
것은 아니다. 형제간의 경제력 격차나 학력 차이, 혹은

가정 사정 등이 울타리를 만들고 서로를 소원해지게 만들기도 한다.

그렇지만 끝까지 규명해 가다보면, 형제 사이에는 그래도 생판 모르는 사람이 도저히 당할 수 없는 중대한 뭔가를 가지고 있다. 얼핏 보기에 사이가 나빠 보이지만 깊은 대화를 나누지 않아도 마음이 서로 통하고 있는 것이다.

그 점이 형제의 이상한 점이며, 그 중요한 뭔가란 아마도 같은 부모 사이에 태어나 같은 가정환경 하에서 자라며 오랜 세월에 걸쳐 함께 꿈을 가꾸어 온 것을 말하리라.

형제는 말하자면 타인 중에서 가장 자신을 많이 닮은 타인인 것이다. 자신을 닮으면 닮을수록 좋아지거나 싫어지기도 하는 그 폭도 커질 것이다. 그렇지만 아무리 크게 요동해도, 결국 마지막에는 원점으로 되돌아올 수밖에 없는 게 아닐까.

행복이란 바로 이런 것

* 인간은 자연적인 운명과 초자연적인 운명이라는 두 개의 운명을
가진 것이 아니라 하나의 운명을 일각일각 時 刻 살아가고 있는 것이다.

 한 나라의 문화도 한 인간처럼 살아가고 있는 것이어서 낡은 것과 새로운 것, 변하지 않는 것과 변하는 것이 그 속에서 육체와 정신처럼 엉클어져 있는 것이다. 그리하여 문화는 하나의 물건이 변하는 것처럼은 결코 쉽게 변해가지 않는다.

 만나는 것은 행하는 일이다. 인간은 쾌락을 구하며 고통을 피한다고 알려져 있다. 하지만 남에게서 공으로 얻은 쾌락은 진정한 쾌락이 아니며 스스로 온몸을 내던져 어렵게 획득해 낸 쾌락이야말로 진정한 쾌락이고 행복이다.

 인간은 모름지기 행동하여 고생 끝에 목표한 것을 획득할 때 진정한 만족과 행복을 느낀다. 행동이 따르지 않는 쾌락보다는 행동을 수반한 고통을 택하는 게 차라

리 인간답다. 인간의 행복이란 끊임없이 행동하고 끊임
없이 움직이며 끊임없이 약동하는 생명의 연소 그 자체
이다. 생활에 충실하면 할수록 그것을 잃을 걱정은 적
어진다.

악은 같게 하는 일을 하고 예는 달리 하는 일을 한다.
같으면 서로 친하게 되고 다르면 서로 공경하게 된다.

악이 지나쳐 예가 없으면 서로 공경함이 없어지고 예
가 지나쳐 악이 없어지면 친함이 없어진다.

악은 하늘로부터 말미암아 만들어진 것이요, 예는 땅
의 법칙을 본받아서 만들어진 것이다. 예와 악이 어우
러지는 것은 천지가 화합하는 것과도 같다. 진정으로
악을 아는 자는 예에 가깝고 진정으로 예를 아는 자는
악에 가깝다고 할 수 있는데 예와 악을 모두 얻은 자를
유덕자라 한다.

사람의 삶에는 자연적인 삶이 따로 있고 초자연적인
삶이 따로 있는 것이 아니다. 단 하나의 현실의 삶이 있
을 뿐이다. 인간은 자연적인 운명과 초자연적인 운명이
라는 두 개의 운명을 가진 것이 아니라 하나의 운명을
일각일각一角一角 살아가고 있는 것이다. 그렇기 때문에

우리가 아무리 자연과 정신의 경계선을 찾으려 해도 그것은 부질없는 짓이다.

 어떤 사람은 무엇이나 아버지가 하는 대로 하는 사람이 있다. 한편 지나치게 방임된 인간은 반항하려는 강압에 이끌리곤 한다.

 아버지가 지나치게 구두쇠일수록 낭비가가 되고 아버지가 낙천적일수록 비관적이 되곤 한다. 인간의 참 자유는 어떤 경우에도 그 상황에 따라 적절한 태도를 가질 수 있는 데에 있다.

 사람이 살아가는 기술은 여간 섬세하고 풍부한 뉘앙스가 있는 것이 아니다.

 그래서 살아가는 데 있어 중요한 것은 자기를 변호할 때도 있고 다른 사람에게 양보할 때도 있고 만족한 뜻을 표시하는 때도 있고 거절하는 경우도 있고 순응하기도 거부하기도, 믿을 때도 의심할 때도, 약삭빠를 때도 순진할 때도, 경우에 따라서는 말도, 침묵도, 반항도, 복종도, 용감하게도, 신중하게도 되는 태도를 취하는 것이다.

 엄격함이 필요했던 어린 시절에는 멋대로 놓아두고 성

장해서 어릴 때보다 많은 자유가 주어져야 할 때에 가서 그전보다 더 엄격하게 대한다.

인간의 마음속 소망에는 반드시 불안이 연결되어 있다. 이것은 빛에는 반드시 그늘이 따르지 않는 것이 없는 것처럼 아무것도 바라는 바가 없으면 불안도 없음과 같다. 그래서 바라는 것이 이뤄지는 매력은 그 바람의 실현에 체약을 주고 있던 불안을 이겨냈다는 승리감에 있는 것이다. 이와 반대로 불안의 원인은 바람이 이뤄지지 않은 탓이다.

＊＊＊인생은 항상 운동이다. 정지는 죽음을 의미하기 때문이다. 가장 작은 세포라도 자기를 에워싸고 있는 환경에서 양분으로 섭취해야 할 것과 중독될 만한 것, 거부해야 할 것을 구별할 수 있을 것임에 틀림없다.

누구든지 자기 가슴속에 실현해야 할 중대한 소망을 품고 있다. 만일 이러한 소망을 품고 있지 않다면 그 사람은 자기 인생은 패배였다고 느낄 만큼 위험스런 것이 될 것이다.

한 사람 인생의 역사는 하나의 운명을 의미한다. 우리들이 운명을 포착하는 감각이나 인생의 통일을 포착하는 감각을 재발견해서 모든 과거사와 미래사가 서로 연관돼 있다는 것을 찾아냄으로서 독특한 인간적인 것을 재발견하게 되는 것이다.

  인간은 변할 수 있다. 최후의 숨결이 있을 때까지 변해 간다. 누구의 인생에도 어느 순간보다 더 중요한 순간, 특히 애착을 느끼는 순간이 있다. 사랑은 완전한 개방을 전제로 하기 때문이다. 사랑은 사람 마음의 깊은 곳까지 열리기를 원하는 것이다.

후회하지 않는 인생

*인생은 왕복표를 발행하지 않는다.
한 번 출발하면 다시는 돌아오지 않는다.

'인생은 왕복표를 발행하고 있지 않습니다. 한 번 출발하면 다시는 돌아오지 않습니다.'

프랑스의 노벨상 작가 로맹 롤랑의 대하소설 『매혹된 영혼』에 나오는 말이다.

자신의 인생을 '다시 한 번 더' 하고 생각해 보지 않은 사람은 거의 없을 것이다. 체호프의 희곡 『세 자매』에서도 자매 중 한 사람이 '이미 살아왔던 인생을 최고로 삼아 또 한쪽을 깨끗이 쓸 수 있다면 얼마나 좋을까?' 하고 말한다.

사람은 지나간 자신의 인생속에서 범한 수많은 실패를 후회하며, '다시 돌아갈 수만 있다면 두 번 다시 같은 실패는 하지 않을 텐데' 하고 생각한다. 또는 지나간 행복한 나날들을 생각해 내고, 그 행복을 한 번 더 맛보았으면 하고 생각하기도 한다.

그렇지만 어떤 사람도 인생을 다시 시작할 수는 없다. 한 번 지나간 시간은 두 번 다시 되돌아오지 않는다. 로맹 롤랑의 말은 이런 인생의 일회성을 지적하고 있다. 문제는 그 앞이며, 인생이 되풀이할 수 없다는 것이라면 어떻게 하면 좋겠는가 하고 묻는 것이다.

한 번 저지른 실패는 돌이킬 수 없는 것이기 때문에 절대로 실수를 범하지 않도록 행동을 조심스럽게 하고, 모든 일을 신중히 행동하라고 로맹 롤랑은 말하고 싶었던 것일까?

실패는 하지 않을수록 좋다. 하지만 실패를 두려워한 나머지 하고 싶은 일도 하지 않고, 사랑도 하지 않고 가고 싶은 곳에도 가지 못한다면 살아 있는 의미가 없다. 로맹 롤랑이 말하고 싶은 것은 그런 게 아닐까? 인생은 다시 되돌아오지 못하는 것이니 나중에 후회하지 않도록 순간순간을 알차게 지내며, 충실 된 인생을 보내야 한다는 말을 하고 싶은 게 아니었을까?

인간이 누리는 행복은 사랑과 인격

 자기가 불행하다고 해서 남을 책망하는 것은 교양이 없는 자가 취할 태도이고, 자기 자신을 책망하는 것은 미숙한 사람이 취할 방식이며, 자기 자신도 타인도 책망하지 않는 것은 교양이 있는 사람, 그리고 멋이 있는 사람, 완전한 교육을 받은 사람이 취할 자세이다.

 아름다운 사람을 만났을 때 당신은 그것에 대항할 수 있는 힘으로서의 자제력을 자신에게 발견하게 되리라. 곤란한 일에 닥쳤을 때 끈기를, 모욕을 당했을 때는 인내력을, 그렇게 자신을 단련시킨다면 상념에 의해 마음이 산란하게 되는 일이 없으리라. 인간은 부모를 공경하고 어떤 일이거나 부모에게는 양보해야만 되는 만큼, 설사 부모가 매질을 하거나 꾸짖더라도 참지 않으면 안 된다.

상당한 세월이 지나는 동안에 책 중에서 좋은 것은 남김없이 스스로 독파하고, 깨우치고, 겸해서 인간 지식의 모든 방면에 걸쳐 적어도 어떠한 일반적인 정당한 개념을 얻어야 한다. 그리하여 일단 인간 세상의 일이라면 무엇이든지 인연이 닿지 않는 것은 하나도 없음을 깨달아야 한다. 완전히 세련된 교양을 가진 사람은 언제나 공손하고 친절하다.

주저하지 말라. 숭고한 것을 희구하는 것은 가장 확실한 선이다. 그리고 그건 그대의 선이다.

우울하거나 불안하거든 곧 진지한 일에 착수하라.

인간이 누리는 최고의 행복은 오로지 사랑과 인격뿐이니 용기를 잃지 말고 언제나 용감하라.

행복은 바로 이 세상에 있으나 우리는 그것을 알지 못한다. 아니 알고는 있지만 그것을 존중할 줄 모른다.

***세상에는 두 종류의 인간이 있다. 우리들이 행복할 때에는 애교 있고 다정하게 굴다가도 우리가 계속 불운에 처하게 되면 슬그머니 몸을 숨기는 사람과 애교는 적으나 불운에 처했을 때도 우리를 버리지 않는 사람이

그들이다.

넘쳐흐르는 자기 감정과 생활 감정의 하나라고 볼 수 있는 오만도 협소한 마음과 마찬가지로 악한 영혼으로부터 유래한다.

내적 성장을 위해서는 인내가 필요하다. 그리고 이 성장의 각 부분에는 충분한 시간이 필요하다.

책임과 의무로서 이루어진 결혼을 얻으려 하지 말고 믿음과 사랑으로 교합하라. 그래야만 행복하다.

불친절하거나 실없는 말을 하지 말라. 하지만 일이 중대하거나 부득이 필요할 때는 곧바로 말을 한 다음 거만하게 보일 정도로 침묵을 지켜라.

인간이 서로서로 사랑하며 좀 더 솔직하게 사귀려고 한다면 이 세상이 얼마나 수월해질 것인가! 거짓된 만남도 없고 오고가는 말에는 성의와 친절 이외의 의미를 포함시키지 않도록 말이다.

진실을 있는 그대로 과장 없이 말하라. 그렇게 할 수 없을 때에는 차라리 침묵하라. 남들을 비판만 하지 말고 같이 살아가도록 한번 애써보는 것이다.

모든 사람이 저마다 축복의 샘이 되어야 한다. 질투는

가장 추한 것이며 허영심은 가장 위험한 것이다. 무엇을 숭배하고 싶다는 욕구는 인간의 천성이다. 인생은 끊임없는 진정이어야 한다. 최후의 날까지.

우리가 산다는 것 그것은 쉬운 일이면서도 어려운 일이다.
고통이 당신을 괴롭힌다고 겁내거나 비난하거나 도망쳐서도 안 된다.
고통을 사랑하라.
고통으로부터 도피하지 말라.
고통을 기억하지 말라.

삶에 기쁨을 주는 봉사

*우리 주변의 작은 봉사부터 시작하자.
그렇게 하여 장차 학문과 수양의 과정을 거쳐 이 나라와 세계를 위한
참된 봉사자가 되자. 봉사만이 삶의 기쁨을 가져오는 것이니.

❦

　사람은 누구나 세상에 태어나 어떤 일을 하며 살아간다. 학생은 열심히 공부함으로서 자기의 할 일을 다 하고, 사회생활을 하는 성인들은 각자의 직장에서 자기에게 주어진 일을 다 함으로서 보람과 긍지를 느끼며 살아간다.

　그런데 이런 우리의 사회가 원만하고 충실하게 움직이기 위해서는 보이지 않는 뒤에서 여러 사람을 위해 봉사하고 애쓰는 많은 사람들이 필요하다. 만일 모든 사람들이 자신의 주장만 내세우고 자기의 일 이외에는 거들떠보지도 않는다면 우리 사회 구석구석에서 사랑의 손길을 기다리는 불우한 이웃들은 누가 돌볼 것인가.

　이웃에게 사랑을 베푸는 사람은 받는 사람보다 그 기쁨이 크다.

'친구를 위해 목숨을 버리면 이보다 더 큰 신앙이 없느니.'라고한 예수님의 말씀처럼 이웃을 위하여 최선을 다할 때 참된 보람과 만족을 맛볼 수 있을 것이다.

우리 주변의 작은 봉사부터 시작하자. 그렇게 하여 장차 학문과 수양의 과정을 거쳐 이 나라와 세계를 위한 참된 봉사자가 되자. 봉사만이 삶의 기쁨을 가져오는 것이니.

우리는 젊음을 가장 유용하고 가장 값지게 보내기 위해 진실로 최선을 다하며 혼신의 노력을 기울임에 결코 게을러서는 안 될 것이다.

사랑은 주는 것만큼 받고 또한 받는 것만큼 굴레의 최고봉에 도달한다.
내가 내 이웃을 향해서 사랑을 베푸는 것은
바로 사랑의 보상을 받기 위한 선행조건으로
현금과 같다.

다음 목표를 향한 질주

* 자신에 관대해서는 안 된다.
항상 다음 목표로 자신을 향하게 하는 긴장감이 중요하다는 것을 잊지 말자.

미국의 발명가 에디슨은 한 가지 발명을 끝냈을 때 으레 '자, 다음 일을 시작해야지.' 라고 말했다고 한다.

한 가지 일이 끝나 한숨 돌릴 때에 휴식을 취하지 않고 곧 다음 일을 시작하고자 했던 에디슨은 참으로 발명왕답다.

***인간이라면 잠깐 쉬고 싶은 게 당연할 것인데, 계속해서 자신을 채찍질하니 이것이야말로 비범한 사람임을 나타내 주는 일화가 아닐 수 없다. 인간이 지닌 재능의 묘미에 연상聯想이라는 것이 있다. 어떤 키워드를 주면 인간의 재능은 갑자기 그것에 반응해 활발히 가동하기 시작한다.

때로 그것은 평소에는 생각도 못한 뜻밖의 방향으로 이어져 간다. 발명이나 발견은 의외로 이 같은 연상 작용이 큰 토대가 되어 발전한다.

에디슨은 이 '연상'을 소중히 하는 사람이었다. 그렇기 때문에 어떤 일을 일단락 지은 순간에, '자, 다음 일을 시작해야지.' 하고 스스로를 격려했던 것이다. 연달아 움직이기 시작한 '연상'을 멈추지 않기 위해서 바로 다음 일의 출발을 명한 것이다.

에디슨은 1870년에 뉴저지 주의 뉴아크에 실험실을 세운 뒤 인자전신기印字電信機, 이중전신기二重電信機, 사중전신기四重電信機, 탄소 전화기, 축음기, 백열전등, 자력선광법, 키네마통그래프, 알칼리 축전지 등 수많은 발명과 발견을 연달아 완성, 발표했다.

자신에 관대해서는 안 된다. 항상 다음 목표로 자신을 향하게 하는 긴장감이 중요하다는 것을 에디슨은 가르치고 있다. 그가 가지고 있는 특허권이 1300개 이상임을 생각할 때 그의 이 한마디가 얼마나 중대한 것인가를 충분히 가늠할 수 있을 듯하다.

유머는 여유에서 나온다. 유머는 말을 듣는 상대 뿐 아닌 말하는 당사자까지
함께 웃게 만듦으로써, 사람과 사람 사이에 자연스럽게 공감대를 형성해주
는 일종의 청량제다.

Love is sheltoring
faom the storm

CHAPTER 3
사랑의
감정이 없는 사람은

실패하지 않는 영원한 사랑은 짝사랑뿐이다.
사람의 일생은 태어나고 살고 죽는 것이며,
사랑의 과정은 만나고 사랑하고 헤어지는 것이다.

인생은 여행이다. 우리는 끝없이 가고 있다. 인생은 종착역도 목적도 아니다. 산다는 건 혼자만의 일이다. 누구도 내 인생을 대신 살아 줄 사람도, 그렇다고 남은 인생을 내가 살아 줄 수도 없다.

인간은 항상 일을 하도록 되어 있다

※ 우리의 생활이 어떤 가치를 가지고 있다고 하려면 반드시
그 목표에 도달하는 일이 필요하다.

행복은 진실로 우리들의 모든 사상의 열쇠이다. 사람들은 스스로 그것을 바라며 개인의 노력으로 그것에 도달할 수 없을 때는 다수의 사람들과 공동으로 합심해서라도 추구한다. 인간이라면 누구든지, 어떻게 해서라도 행복하게 되고 싶은 것이다.

인간의 본성은 본디 향락만을 즐기도록 되어 있는 것은 결코 아니다. 오히려 항상 일을 하도록 되어 있다. 자신의 이마에 땀을 흘리면서 빵을 먹지 않으면 안 된다. 인간의 부단한 힘은 땀을 흘리고 일하는 데서 생겨난다. 진정한 행복은 끊임없이 자기의 능력이 미치는 대로 항상 자신을 격려하는 데서 얻어지는 것이지 강제로 요구하는 것에서 얻어지는 것이 아니다. 대개의 사람들은 오직 육체의 건강을 위해서도 자신의 외적, 내

적 행복 전체를 위해서도 더욱 여러가지 일을 시도하고 있지 않은가.

우리들의 참다운 삶이란 우리들 사상의 세계이다. 그 속에 참된 사랑이 많이 포함되어 있으면 있을수록 우리들의 삶은 보다 가까운 행복을 약속한다. 우리들의 생활이 어떤 가치를 가지고 있다고 하려면 반드시 그 목표에 도달하는 일이 필요하다.

나는 살아 있다. 그러나 언제까지 살 수 있을지는 모른다. 나는 죽을 것이다. 그러나 언제 죽일지 또한 모른다. 나는 간다. 하지만 어디로 갈 것인지는 알 수 없다.

모든 인생 성취의 첫 장애물, 그것은 자신의 태도이다. 언제나 바른 태도와 삶의 자세가 인생에 기적을 가져오기 때문이다. 삶에 있어 어떤 일을 달성시키는 데는 재능이나 능력 이상으로 분명한 태도가 중요하다. 성실하고 진실한 태도, 열성적인 태도, 최선을 다하는 태도, 언제나 의욕이 넘치는 태도는 자신의 생에 기적을 가져온다.

※※※부드럽고 온화한 태도, 결코 마음이 흐트러지지 않는 안정된 여유의 태도, 같은 가치를 품고 있는 폭넓은

태도, 극히 조화되고 조직화 된 태도, 언제나 모든 일에 노력하는 태도, 이런 것들은 그 사람속에 좋은 습관을 만들고 좋은 습관이 몸에 익으면 기적의 인생을 성취할 수 있다.

사실 인간의 사고는 환경에 의한 영향보다 그가 갖고 있는 태도에 의한 영향이 더 크다. 믿음과 소망과 사랑의 태도가 삶에 있어 갖추어야할 태도 중의 태도이고 자세 중의 자세이다.

우리 사회가 극심한 물질주의와 이기주의의 팽배로 인해 도덕적 붕괴와 정신적 파탄에 이르는 것을 방지하기 위해서는 남을 향해 문을 열어야 하고, 진정 이웃을 사랑할 줄 알아야 한다.

또한 정부는 희망의 정치를 펴고 가난한 사람들의 고통을 덜어주는 복지정책을 세우고 실천하는데 최선을 다해야 하며 가진 사람들도 사회의 평화를 위해 영세민을 울리는 악을 범하지 말아야 한다.

사랑은 인간의 주성분

*남을 믿지 못하는 사람은 자신도 믿지 못하는 것이다. 자기 자신에 대해
평화를 누릴 수 없는 사람은 다른 형제와도 평화를 누릴 수 없다.*

피히테는 '사랑이 인간의 주성분' 이라고 말했다. 사람은 살기 위하여 먹고 마시고 이를 위해 일해야 하며 일하기 위하여 지신을 함양하고 몸을 단련한다. 또한 생을 즐기기 위해 놀고 춤추며 더욱 숭고한 삶을 노래하기 위하여 예술을 꽃피우고 믿음을 가진다. 그리고 자유를 향유하기 위하여 투쟁도 불사하고 종족 보존을 위해 출산한다.

'네 이웃을 네 몸 같이 사랑하라.' 는 말이 있다. 이웃을 내 몸같이, 즉 자기 보존에 들이는 온갖 정성과 동일한 힘을 쏟아 사랑해야 한다는 것이다.

악보다 힘이 약하여 결국 하늘로 쫓겨 올라간 선들이 하느님께 하소연했다.

"어떻게 하면 우리 선들이 사람들하고 같이 살 수 있습니까? 가르쳐 주세요, 하느님!"

그랬더니 하느님은 함께 몰려다니면 악의 눈에 띄니까 하나씩 하나씩 떨어져서 찾아가는 방법을 생각하라고 일러주었다. 그때부터 악은 언제나 삶들 주변에 우글거리지만 선은 먼 하늘에서 하나씩 몰래 내려오기 때문에 만나기 힘들게 된 것이다.

사랑이란 지껄이지 않고는 못 배기는 아내와 같고 잠은 침묵으로 대답하는 남편과 같다.

***명예는 많은 재산보다 소중하고 존경받는 것은 쌓아 놓은 금은보다 낫다. 우리가 불행한 것은 자신의 손 안에 있는 행복의 씨를 충분히 뿌리려 들지 않기 때문이다. 가슴속에 슬픔이 있다면 남에게 줄 마음이 없다는 것이다.

삶의 모든 부분에 있어서 가장 큰 영향력을 가지고 있는 것은 조용한 힘이다. 햇볕은 하루 종일 아무 소리 없이 그 열을 발하지만 그 속에는 놀라운 힘이 있다. 인력도 역시 소리 없는 힘이다. 이슬은 사람들이 잠을 자는 밤에 소리 없이 내리지만 모든 식물에 새로운 생기와 아름다움을 가져다준다.

땅에서 불행이 솟아나는 일 없고 흙에서 재앙이 돋아나는 일이 없으니 재난은 사람이 스스로 빚어내는 것, 불이 불티를 높이 날리는 것과 같다. 가까운 사람들과 친하지 않다면 먼 사람들과 가까이 하려 해서는 안된다. 남을 믿지 못하는 사람은 자신도 믿지 못하는 것이다. 각기 자신에 대해 평화를 누릴 수 없는 사람은 다른 형제와도 평화를 누릴 수 없다.

사랑의 생각은 마음의 침묵이며 사랑의 불타는 열정은 마음에서 나오는 함성이다. 당신 안에 언제나 사랑이 머문다면 당신은 항상 함성 가운데 있는 것이고 항상 함성을 지른다면 항상 소망하고 있는 것이며 또 소망하고 있다면 당신의 생각은 그 안식을 향하고 있는 것이다.

우정에 관하여

● 우정은 성장이 느린 식물이다. 그것이 우정이라는
이름에 값하기 이전에 몇 번의 곤란한 타격을 견디지 않으면 안 된다.

'우정은 성장이 느린 식물이다. 그렇기 때문에 그것이
우정이라는 이름에 값하기 이전에 몇 번의 곤란한 타격
을 견디지 않으면 안 된다.'

버지니아의 부유한 농원주의 아들로 태어난 미국의 초
대 대통령 조지 워싱턴은 아버지로부터 가르침을 받아
측량기사가 되었다.

미국의 독립운동에서 적극적으로 활약한 그는 항상 온
건파였다. 독립군의 총사령관에 임명되기도 하고 연방
헌법제정회의의 의장으로 선출되었을 뿐만 아니라,
1789년에는 선거인 전원 일치로 초대 대통령에 임명되
었다. 그것은 그가 혁명파 중에서도 온화하고 참을성이
있으며, 여러 가지의 의견을 종합하는 능력이 뛰어났기
때문이다.

혁명파 내부에서 의견이 대립하고 이러지도 저러지도 못하게 되면, 정해놓고 워싱턴이 등장하는 것으로 되어 있었다. 그는 어느 입장에서도 신뢰를 받고 있었던 것이다.

사람에 따라서는 만나자마자 백년지기처럼 되는 사람이 있다. 그와 같은 사람과의 교제는 곤란한 문제가 없는 한 좋은 관계를 유지할 수 있을 것이다. 그렇지만 곤란한 타격 앞에서는 잠시도 지탱하지 못하고 무너진다.

'우정이나 긴밀한 관계를 키우자면 마치 성장이 느린 식물과 같이 취급하지 않으면 안 된다.'고 워싱턴은 말했다. 잊지 않고 이따금 물을 주어야 하며 병충해가 발생하지 않도록 배려하지 않으면 안 되고, 태풍을 만나 쓰러지면 곧 다시 세우지 않으면 안 된다. 이처럼 오래 시간을 들여 손질하고 정성을 들여야 겨우 식물은 꽃을 피우고, 열매를 맺게 되는 것이다.

인간의 교제도 마찬가지로 부단한 '손질'을 빼놓으면 안 된다.

세상에서 가장 강한 것은 인간의 양심

* 우리는 조상들이 지녔던 대쪽 같은 지조, 생명보다 명예를 소중히 여겼던
선비정신을 본받아 부끄러움 없는 삶을 영위해 나가야 한다. 훌륭한
인생을 만들라. 인생은 짧고 금방 지나간다.

세상에서 가장 강한 것은 인간의 양심이라고 한다. 자기의 잘못이나 비행을 다른 사람에게는 속일 수 있을지 모르나 양심의 거울에는 고스란히 나타나기 때문이다.

양심을 지니지 못한 사람은 자신의 부끄러움이나 결점을 알지 못하며 결점을 알았다 하더라도 깊이 반성하여 이를 고칠 수 있는 용기를 갖지 못한다. 즉 양심은 명예를 얻는 지름길이라고 할 수 있다.

자신의 행동을 반성하고 스스로 얼굴을 붉히며 부끄러워할 줄 아는 사람만이 더욱 발전할 수 있고 명예도 얻을 수 있는 것이다.

우리의 조상들은 명예를 생명보다 더 소중하게 여겼다. 한 가문의 명예를 위해 목숨도 초개같이 버릴 수 있는 마음, 이는 곧 선비 정신이기도 하다. 그리고 이 선

비 정신은 고도의 정신문화의 소산이기도 하다. 현대에는 물질문명이 팽배하면서 명예에 대한 관념이 퇴색하기 시작했고 명예보다는 이해관계나 자신의 안일을 좇으려는 경향이 생겼다.

우리는 조상들이 지녔던 대쪽 같은 지조, 생명보다 명예를 소중히 여겼던 선비정신을 본받아 부끄러움 없는 삶을 영위해 나가야 한다. 훌륭한 인생을 만들라. 인생은 짧고 금방 지나간다.

인간의 생에는 세 가지 질서가 있다.

첫째는 힘의 질서이다.

폭력이나 물리적인 힘으로 모든 것을 해결하려고 한다. 링컨에 의하면 이것은 그 승리의 기간이 매우 짧다.

둘째는 법의 질서이다.

법이나 정의의 조리를 가지고 모든 것을 해결하려고 한다. 그러나 이것은 냉랭하고 인간미가 없다.

셋째는 사랑의 질서이다.

사랑의 힘으로 모든 것을 해결하려고 한다. 이것은 가장 높은 차원이요, 가장 높은 이상이다.

사랑은 모든 것을 이긴다. 폭력을 이기고 증오를 이긴다. 맹자는 인자무적仁者無敵이라고 했다. 인자仁者에게는 적이 없다는 말이다. 또 간디는 폭력은 동물의 법칙이요, 비폭력은 인간의 법칙이라고 했다.

사랑은 인간의 주성분이며 가장 높고 맑은 빛이다. 이 빛이 빛날 때 비로소 인간관계는 따뜻해지고 세상은 평화로워진다.

사랑은 일체에 승리를 가져온다. 사랑의 승리는 상대방을 넘어뜨리는 것이 아니고 높이 끌어올리는 것이다. 그러므로 사랑의 승리는 모든 승리 중에서 가장 으뜸가는 승리라고 할 수 있다. 사랑은 모든 것을 이긴다.

사람은 제 분수를 알아야 한다

사람은 처신에 있어 제 분수를 찾아 행할 줄 알아야 한다. 남보다 잘 살면서도 추하고 너그럽지도 못하며 우는 소리만 하는 사람이 있다. 또한 남이 쳐다볼 만큼 총명한 머리를 가졌으나 그 재주를 거두어 겸손할 줄 모르고 자랑만 하려 드는 사람이 있다. 제 분수를 알아야 한다는 말은 그들에게 던지는 말이다. 군자를 공손하게 대접하는 것은 어렵지 않다. 그러나 너무 지나치게 공손하면 아첨에 빠지기 쉽다.

세상인심만큼 야속한 것은 없다. 어제까지 친구로 대했던 사람이 오늘 원수가 되어 거슬러온다. 참으로 믿을 게 못 되는 것이 사람의 마음이다. 하지만 죄는 미워도 사람은 미워해서는 안 된다는 말이 있다.

조금이라도 일이 잘못 된다 싶으면 당장 고개를 떨어

뜨리고 수심에 잠기는 사람이나 일이 잘 됐다 해서 기뻐 어쩔 줄 모르는 사람은 큰일을 할 수 없다.

'개천에서 용난다'는 속담이 있다. 삶을 영위해 나가다보면 흐리고, 어두운 것에도 불구하고 불굴의 의지로 소망을 이루는 사람들도 있다.

***일마다 공이 있기를 바라는 사람이 있지만 허물이 없으면 그게 공인 것이지 공이 따로 있는 것이 아니다. 공을 처음부터 의식하고서 일을 하는 것은 그 출발부터 불순한 것이다.

어려운 처지에 있는 남에게 은덕을 베풀어 주는 것은 장한 일이다. 그러나 은덕에 감사하다는 말을 들어야 만족한다는 것은 큰 인물이 취할 태도가 아니며 무엇이나 연관관계를 가지고 있다는 사실을 알게 된다.

사랑은 강한 힘이다.
사랑보다 더 달콤한 것은 없으며
사랑보다 더 강하고 더 높고 더 기쁘고
하늘과 땅에서 그보다 더 완전하고 좋은 것은 없다.
사랑은 견실하고 겸손하며 굳세게 포용하여 헛된 일들을 쫓지 않는다.

사랑의 감정이 없는 사람은
엔진이 고장 난 자동차와 같다

» 이 세상에서 가장 아름다운 여자는 사랑에 실패하고서도
새로운 삶을 열심히 개척하는 사람이다. 사랑은 늙고 미움은 젊는다.

삶의 의미와 인생의 가치는 진실한 사랑을 하는 것에 있다. 사랑에 환상을 주는 것은 신비이고, 상상력을 주는 것은 수치심이며, 환멸을 주는 것은 자존심이다.

사랑에는 정도가 없다. 언제나 숨찬 언덕길이거나 가파른 비탈길이다. 사랑은 맹목적일 때는 순수하나 합리적일 때는 무미건조하다.

존경한다는 것은 내가 그처럼 되고 싶은 것이고 사랑한다는 것은 그가 나처럼 되었으면 하는 희망 사항의 표출이다.

격렬한 영혼의 소유자는 사랑에 실패하고 실패하지 않는 영원한 사랑은 짝사랑뿐이다.

사람의 일생은 태어나고 살고 죽는 것이고 사랑의 과

정이 없는 사람은 엔진이 고장 난 자동차이며 항상 사
랑의 욕구만 충족시키려는 사람은 브레이크가 고장 난
자동차이다.

　＊＊＊혼자서 술을 마시는 남자는 여자를 필요로 하고 혼
자서 담배를 피우는 여자는 남자에 지친 것이다.

　여자의 마음은 스펀지와 같아서 사랑의 물을 아무리
부어도 곧 마르고 만다. 부끄러움이 없는 여자는 신비
성이 없다. 남자는 진실에 이끌리고 여자는 환상에 유
인된다. 가장 불행한 사람은 '사랑해'라고 말해보지 못
한 남자와 '사랑해'란 말을 들어보지 못한 여자이다.
연인 사이에 있어서 여자는 용서하고 남자는 포용한다.

　남자의 사랑은 소나기, 여자의 사랑은 함박눈이다. 남
자는 반찬의 질에 의해서 부인을 대하고 여자는 월급에
따라 남편을 평가한다. 미래가 없는 남자는 과거가 보
잘것없고 복잡한 여자는 미래에 볼 것이 없다. 처는 마
음을 붙잡고 첩은 옷자락을 붙잡는다. 사랑은 고통속에
서 확인되고 행복은 회상속에서 증가된다.

　＊＊＊고뇌는 희열의 종말일 때 가장 쓰고, 희열은 고뇌
의 결실일 때 가장 달다. 따라서 죽을 때까지 버릴 수

없는 것은 사랑의 아픔이다.

새를 놓쳐 본 사람은 다시는 새장을 사지 않는다.

진정한 사랑에는 짙은 휴머니즘과 우정에 흡사한 공동체 의식이 내포되어 있다. 남녀의 육체적 결합이란 그러한 감정의 확인이고 교환일 뿐이다.

눈은 마음을 대신하고 마음은 과거를 대신한다. 세월이 흘러도 망각 속으로 사라져 버리지 않는 추억의 상처는 사랑의 행위에 충실한 안내인이 된다. 이 세상에서 가장 아름다운 여자는 사랑에 실패하고서도 새로운 삶을 열심히 개척하는 사람이다. 사랑은 녹고 미움은 삭는다.

사랑의 선물에 대한 가장 아름다운 답례품은 그 고마움을 마음속에 오래 간직하는 것이며 진실 된 사랑은 자기를 증오하던 사람까지도 자기를 사랑하도록 만든다. 진실속에는 아름다움이 있고 사랑속에는 진실과 아름다움이 함께 한다.

사랑은 소리 없이 온다

* 가을은 떠나는 계절이 아니고 떠나고 싶다고 생각하는 계절이다.
진실로 외롭고 겸허해진 이 가을에 우리의 영혼과 사랑은 더욱 풍요해질 것이다.

　사랑은 신호 없이 온다. 사랑은 발자국 소리 하나, 자
그마한 숨소리 하나 내지 않고 와서 순식간에 우리들을
쾌락과 고통, 혼란과 후회의 불 속으로 잡아 던져 버린
다. 그러나 그것은 둘을 만들지 않는다. 오직 하나의 노
을을 만들 뿐이다. 그리고 그 고뇌는 달콤하고 그 슬픔
은 즐거우며 사랑의 불에 타는 것은 행복한 일이다.

　사랑이 신호도 없이 달려와서 우리들은 뜨겁게 태워
버렸듯이 우리들은 그 사랑이 우리들을 언제 떠나 버릴
까에 대해서도 자신이 없는 것이다. 우리에게서 사랑을
제거해 버리고 나면 남는 것은 무엇일까?

　＊＊＊인간의 주성분은 사랑이며 그 사랑에는 출발이 따
로 있는 것이 아니다. 영원한 출발이 있을 뿐이다.

　아무리 생각해 보아도 우리들은 어느 한 순간도 사랑

을 멈춘 적이 없는 것 같다. 승화하고 성공한 사랑이란 죽음으로 끝맺는 것이거나 사랑의 순간에 영원히 이별한 사랑이라고 한다. 가을은 떠나는 계절이 아니고 떠나고 싶다고 생각하는 계절이다. 진실로 외롭고 겸허해진 이 가을에 우리의 영혼과 사랑은 더욱 풍요해질 것이다.

  ***사랑은 사랑이라는 말보다 더 강한 것이다.

 사랑은 기다림의 인고이면서도 적극적이고 개방적인 부름이요 찾아감일 수 있다. 그대가 언제고 내게 주는 사랑은 어지러운 베개를 고쳐주어 편한 잠을 돕는 정신의 손길이다.

 사랑은 아무것도 욕심 내지 않는 것, 그냥 물처럼 흐르는 것, 언제나 마음의 고요와 평정을 누릴 수 있도록 대범하고 너그러워지는 것, 사람이고 사물이고 간에 그 모든 것을 초월하는 것, 이 세상에 존재하는 현세에 살아 있는 모든 사람들이 결국 백 년 후에는 아무도 남아 있지 않음을 상기하는 것, 그리고 우선 나로부터 해방되는 것, 주는 것, 모든 의미로부터 무의미로 돌아서는 것, 이런 마음가짐이 필요하다.

***바람이 스칠 때마다 푸른 정맥이 드러나는 가냘픈 손으로 가볍게 전율하는 미루나무를 보라.

　살랑이는 미풍이 부끄러워 단풍나무는 저 홀로 수줍게 타오른다. 두고 온 고향산천을 그립게 하는 애련한 향수가 있다. 아침이면 뽀얗게 물안개가 피어나 말할 수 없는 몽환을 꿈꾸게 했던 고향의 호숫가에도 아카시아는 무성했다.

　***꽃에도 격조와 품위가 있다. 그리고 지성과 언어가 있다. 생명이 있듯이 개성이 있고 그 나름의 운명이 있다. 청아하고 절개가 곧은 꽃이 있나 하면 화사하고 나긋나긋한 꽃이 있고, 천박하고 음흉해 보이는 꽃도 있다.

　꽃은 웃되 소리 나지 않고 아름다우나 자랑하지 않는다. 거룩한 우연과 영혼의 아픔이 거기 있다. 욕심껏 정열을 다하며 살고 후회 없이 떠난다.

　***꽃들이 초대하는 서정의 잔치, 꽃들이 읊어대는 저 운율 좋고 향기로운 리듬에 취하면 그대는 비로소 청춘이리라.

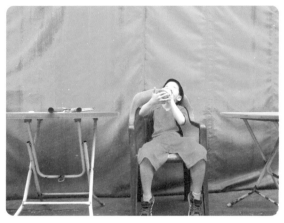

삶이란 단 한 번만의 경험이 아니다.
삶은 항상 변하는 것이고 순간순간, 일마다, 때마다 다른 것이다.
이 순간의 삶도 조금 전까지는 없었던 새
로운 삶이며 다름의 순간으로 연결되는 것
이다. 의식적으로든 무의식적으로든 삶을
인생의 한 번뿐인 큰 경험으로만 보는 사
람은 불행하다.

참된 자존심은 가장 겸손한 마음

  세상에서 가장 아름다우면서도 어려운 말이 바로 자존
심이다.

  자존심이란 자기 스스로를 높이는 말이다. 남 앞에서
자신을 내세우고 남보다 뽐내며 잘 아는 척, 더 가진
척, 약자에게 군림하며 으스대는 것이 자존심이라고 잘
못 알고 있지는 않은지.

  ＊＊＊참된 자존심은 가장 겸손한 마음이다. 또한 참된
자존심은 정직한 자세를 말한다. 그리고 굽힐 줄 모르
는 의지와 어려움을 이기고 다시 일어서는 용기이다.
남에게 베풀되 대가를 바라지 않는 자존심이 사랑이며
극기다. 남을 용서할 줄 아는 너그러운 마음씨이고 최
선을 다하는 자세이다. 또 끝까지 자신의 소임을 성실
하게 완성하는 책임이며 남에게 너그럽되 자신에게는

준엄한 태도다. 참된 자존심은 자신과 약속을 철저하고 자신에게 부끄럽지 않은 마음의 자세를 가리킨다.

이 모든 것을 실천하는 사람이나 실행하기 위해 노력하는 사람이 가장 자존심이 강한 사람이다.

***정의란 인간 선언의 시작이고 인간 승리의 종착역이다. 이 세상에 정의를 막을 수 있는 것이란 결코 존재할 수 없다.

에밀 졸라는 '청춘이여, 항상 정의와 함께 있어라. 마음속에 간직한 정의의 이념이 흐려지면 너는 모든 위험을 향하여 나아가게 된다.' 는 말을 남긴 바가 있다.

'입을 열면 진실만을 말하라. 그렇지 않으면 가만히 있는 편이 낫다.' 는 말도 있다. 매일 침묵의 영상속에서 자아를 재발견하고 성찰하며 마음속의 창문을 열어두자. 침묵이야말로 영혼을 성숙하게 하는 예지로운 스승이다.

키에르케고르는 '절망이란 거대한 종합인 인간이 자기 자신의 관계 안에서 일으키는 분열.' 이라고 말했다.

인간이란 죽는다는 것 이외에 자기 미래에 대해 분명한 것이 아무것도 없는 유일한 존재임에도 영원을 꿈꾸고, 연습하지 않아도 쾌락과 욕망에 그토록 익숙해 있음에도 불구하고 절대 선을 갈망한다. 이 엄연한 분리와 분열, 모순과 역설이 곧 인간이 절망이라고 불러대는 그 우울하고 끈질긴 질병의 정체라는 것이다.

키에르케고르에 의하면 절망 앞에서 인간은 누구나 두 가지의 형식으로 방응하게 되는데, 첫째는 절망 하에 자기 자신이려고 욕구하지 않는 경우이고 둘째는 절망 하에서도 자기 자신이려고 욕구하는 경우라고 한다.

산다는 것은 참으로 이상한 사건이다. 탄생하고 살고 죽어가는 이 모든 것이 분명 '나' 라는 주체를 통해 일어나고 진행되고 있음에도 불구하고 돌이켜보면, 나라는 존재는 단 한 번도 내 자신의 탄생이나 생존이나 죽음에 대해 개입해 보거나 결정해 보거나 서명해 본 적이 없기 때문이다.

절망과 방랑은 결코 분리된 감정이 아니다. 절망으로 인해 방랑한다는 것은 고통으로 인해 신음한다는 것과 똑같은 유대이다. 인간은 절망 때문에 방황하고 방황속

에서 희망에 이르는 호모 에스페란스, 즉 희망하는 존
재이다.

　키에르케고르의 말대로 '인간에게 있어 절망은 본디
성질'이다. 그리고 에리히 프롬의 말대로 '희망을 가진
다는 것은 인간의 근본 조건'이다.

　진실로 절망해 볼 수만 있다면 20대란 참으로 철학적
인 시간이다.

우리는 항상 떠남으로써 만나고
만남으로써 떠난다

❧

떠남과 만남은 인생의 두 길이다. 우리는 항상 떠남으로써 만나고 만남으로써 떠나고 있다.

어떤 사람도 한 곳에 오래 머물러 있을 수 없다.

시계 바늘이 한 순간에 머물러 있을 수 없듯이 우리는 항상 떠남의 준비를 간직하고 있어야 한다.

떠남의 준비가 되어 있지 않은 사람은 고여 있는 물과 같다. 흐르고 있는 물은 깨끗하고 맑지만 고여 있는 물은 썩게 마련이다. 그러므로 썩지 않고 싱싱한 삶을 살기 위해서 사람은 항상 떠나고 있어야 한다.

떠남은 곧 이별을 뜻한다. 우리는 오래 전부터 이별이 눈물을 의미한다고 믿어왔다. 그러나 이별은 눈물의 전부가 아니다. 눈물은 순간적인 것이요, 이별은 영원한 것이기 때문이다.

 이별은 미지에 대한 출발의 첫걸음이다. 그리고 이별은 방랑을 뜻하는 것이 아니다.

 ***인간에 있어 유일한 진보란, 보다 간소해지는 자체보다 간소해짐으로서 육체가 아닌 정신을 단단하게 하는 것에 있을지도 모른다.

 디로게너스가 물을 마시기 위해 늘 몸에 지니고 다니던 유일한 쪽박마저도 버린 용단은, 그리고 사람이 두 개의 손바닥으로도 충분히 자신을 목마르지 않게 할 수 있음을 발견한 것은, 아직도 정신이 발견할 수 있는 위대한 지혜가 존재한다는 것을 말해 주는 것이라 할 수 있겠다.

 되도록 지니지 않을 것, 그리하여 잃어버림에 대한 불안과 더욱 지니고 싶은 욕망으로부터 해방을 성취할 것을 권한다. 그리하여 세상에는 아직도 희망이 있으며 나만의 얼굴이 존재한다는 것을 기억하자.

유머와 센스는 우리들의 문화생활의 내용과 성질을 바꾼다. 현대인은 생활을 지나치게 심각하게 생각한다. 이기심과 자기중심주의는 죄악을 잉태한다.

진정한 승리

※ 싸워 이기기는 쉽고, 승리를 지키는 것은 어렵다

꿈?

·

'창업創業은 쉽고 수성守成은 어렵다.'

당나라의 태종과 그 시신侍臣과의 고사가 원인이 되어 생긴 이 말은 『십팔사략』에 나와 있다.

어느날 태종이 "사업을 새로 시작하는 것과, 일단 이룩해해 놓은 사업을 부흥시키는 것 중 어느 쪽이 더 어려운가?" 하고 물었다.

이에 대해 방현령房玄齡은 창업 쪽이, 위징魏徵은 수성 쪽이 어렵다고 대답했다.

'그렇구나, 현령은 나를 따라 천하를 평정하고 구사九死에 일생一生을 얻어, 창업이 힘들다는 것을 보고 있다. 한편 위징은 나와 같이 천하를 안정시켜 부귀하게 되면 교만을 떨고, 교만해지면 정치를 적당히 행하며, 정치를 적당히 행하면 나라가 멸망한다는 것을 두려워하여

수성이 곤란하다는 것을 알고 있구나.'

태종은 두 사람의 주장이 당연하다고 인정하면서 '창업이 곤란한 것은 과거의 일이지만, 수성의 곤란은 현실의 일이다. 그러니 지금은 수성의 곤란을 모두가 자각하고 바른 정치를 해나가자.' 하고 말했다고 한다.

창업 시 사람은 모든 힘을 내고 서로의 상승효과로 예상 이상의 힘을 발휘하게 된다. 이것은 전투의 경우에도 마찬가지이다.

병서 『오자吳子』에 '싸워 이기기는 쉽고, 승리를 지키는 것은 어렵다.' 는 말이 있듯이 공격하는 쪽은 힘내기 쉽고 지키는 쪽은 그 기세로 뜻하지 않은 패배에 몰리게 된다. 그렇지만 승리를 거둔 후의 지킴이야말로 어렵고 그 지킴이 강해야만 정말로 강하다고 할 수 있다.

겸허하기란 얼마나 어렵고 벅찬 수양의 길인가.

그 길이 오직 눈처럼 하얗고 맑은 마음으
로 세상을 보고 또한 세상을 사심 없이
살아가려는 데에서만 발견되는 길임을 알
기에 인간은 정녕 두려워하고 무릎을 꿇게
되는 것이다.

사랑은 어려운 등반

사랑은 어려운 등반이다. 피땀을 흘리며 준령을 기어
오르지 않고서는 결코 도달하지 못한다.

사랑하는 능력이나 사랑받는 자격을 가진 것은 모두가
인간성의 개화이며 그것이 인간의 진면목인 까닭이다.
그러나 동물에게도 사랑은 있다. 이성을 그리워하고 자
식을 아끼는, 정의 차원에서 말한다면 사람과 동물 사
이에는 조금도 바른 바가 없다.

사랑을 생각하는 일은 언제나 좋았다. 사랑의 상처를
어루만지며 얼룩진 피멍을 삭히는 궁리를 의논하는 일
도 나쁘진 않았다. 사랑의 행군이란 상상만 해도 가슴
이 뛰는 일이다.

***사랑은 무궁무진하다. 사랑은 영원한 피안의 세계

에 존재하는 것인 줄로만 알았는데 거짓말처럼 이쪽 언덕에도 존재하는 것이라 믿겨지면서, 사랑의 해안선을 걸어가는 감격이 보란듯이 치받아 오르기도 했다.

사랑 안에 빠져들면 천지가 사랑뿐이다.

***행복이란 곧 의식의 충족이다. 꿈꾸는 일이 반복됨에 따라 오랜 추위가 영묘한 약을 바른 듯이 서서히 치유되어 풀어진다. 창공이 드넓기 때문에 하늘을 나는 말은 시공을 벗어나 영원히 달리는 것이다.

세상은 가난한 사람들이 구원될 때 참으로 구원될 수 있다. 그들이 빵 만으로서가 아니라 인간으로서 회복될 때, 인간으로서 존중되고 인정받고 사랑받을 때, 인간으로서의 긍지와 자유를 다시 찾을 때 세상은 정말 따뜻해질 수 있다.

아름다움이란 보는 이에게 기쁨을 주는 것

* 사랑하는 마음을 가지고 바라보게 되면 평범하던 상대에게서도 남이
찾아내지 못하는 아름다움 혹은 매력을 느끼게 되고 그 아름다움이나 매력은
그 자체에 강하게 걸리게 하는 자석 같은 힘을 발휘하게 된다.

아름다움이란 보는 이에게 기쁨을 주는 것이라고 할
수 있다. 아무리 아름다운 것이라 해도 봐주는 이가 없
다면 아무런 의미가 없다. 발견하는 사람이 발명한 사
람이나 마찬가지로 아름다운 것도 아름답다고 봐주는
사람이 있기에 비로소 생명을 얻게 되는 것이다.

여성의 아름다움이 섬세하고 우아한데 있다고 하면 남
성의 아름다움은 건강함에 있다고 할 수 있다. 외모의
아름다움과 내면의 아름다움, 그 두 가지 가운데 어느
것이 우선되어져야 할까 묻는다면 나는 내면의 아름다
움이라고 대답하련다. 내면의 노력은 심정의 맑음과 교
양의 깊이에서 오는 것이고 이의 성취를 위해 거울을
닦듯 꾸준히 힘써가야 하기 때문이다.

여성은 거울을 사랑한다. 매력이란 건강한 감정이 풍

부하게 길러지고 표현될 때 비로소 최대로 발휘되는 게 아닌가 한다.

사랑하는 마음을 가지고 바라보게 되면 평범하던 상대에게서도 남이 찾아내지 못하는 아름다움 혹은 매력을 느끼게 되고 그 아름다움이나 매력은 그 자체에 강하게 끌리게 하는 자석 같은 힘을 발휘하게 된다.

'용모가 아름다운 여성은 눈에 기쁨을 주고 마음이 아름다운 여성은 마음에 기쁨을 준다.'고 셰익스피어는 말했고, 괴테는 '영원한 여성은 우리를 끌어올린다.'고 말했다. 그러고 보면 인간으로서의 여성의 참된 아름다움은 외모보다는 그 정신과 마음에 있다는 데에 주목하지 않을 수 없다.

상처를 겁내는 사람은
자유를 누릴 자격이 없다

*이 세상 누구도 싸움 없이 이기는 사람은 없다.
오늘의 고통과 싸워 이기는 사람이 곧 승리자이다.

❦

상처를 겁내는 사람은 자유를 누릴 자격이 없으며 그리하여 진실로 용기 있는 사람만이 자유인의 자격을 갖게 된다. 중국의 한 성현은 "국가불행시인행國家不幸詩人幸"이라 하여 국가나 민족이 처한 불행한 사태나 상황은 때때로 그 민족의 시인에게는 좋은 장소의 바탕과 소재가 된다고 했다. 그러나 어떤 위로와 합리화로도 표현의 한계를 시인의 비극이 아니라고 말할 수는 없을 것 같다.

***가정은 사랑을 배우는 곳이다 사랑을 충분히 받은 사람만이 남을 아낌없이 사랑할 수가 있다. 형제간에 우애가 없는 사람이 이웃을 사랑한다는 것은 있을 수 없는 일이다. 부모를 공경할 줄 모르는 자신이 밖에서

윗사람의 신임을 받을 수 있겠는가.

아첨은 싫증을 부린다. 집에서 사랑받지 못하는 자식이 밖에서 남의 사랑을 받기를 바라는 것처럼 큰 허욕은 없다. 자식을 기르는 부모의 욕심은 가지각색이다. 언제 어디서나 필요한 사람이란 언제 어디서나 사랑받을 수 있는 사람이고 그런 사람이 되려면 먼저 많은 사랑을 받아야 한다.

사랑처럼 아무리 많이 주어도 넘치지 않는 것도 없다. 받는 사람이 사랑을 무게로 느끼고 부담스럽게 생각하면 그건 이미 사랑이 아니다.

***엄청난 고통을 수반하는 작업일수록 다음 고통과 싸우기 위한 휴식이 절실히 필요하다. 숙면의 밤이 없이 근면한 하루가 있을 수 없듯 모든 생산적인 일은 가장 비생산적인 휴식에 뿌리박고 있다.

사는것이 너무 부자도 아니고 너무 가난하지도 않을 것, 식구끼리는 화목하되 가끔 의견 충돌쯤은 있어도 무방함, 부모가 생존해 계시되 인품이 보통 정도로 무던하여 자식에게 보통 정도의 예절과 공중도덕을 가르쳤을 것, 학력은 대학은 나와야겠지만 일류나 이류까지는 안 따지기로 하고, 용모나 키도 보통 정도면 되지만 건강할 것, 돈 귀한 줄 알고 인색하지 않을 것, 성품이 명랑하되 비리나 부조리에 분노하고 고민할 줄도 알아야 한다는 것.

이런 자세는 삶을 영위해 나가는데 있어 필수적이다.

우리에겐 내일이 있다. 내일이라는 그 확실한 사실 때문에 오늘의 부족함과 아쉬움 그리고 적잖은 고통을 견디어 내는 것이다. 또한 우리에게 내일이라는 피할 수 없는 엄연한 현실이 있기에 오늘을 좀 더 보람 있고 아름답게 살기 위해 노력해야 하는 것이다. 내일을 준비하기 위해 오늘은 기꺼이 땀을 흘리고 내일에 내가 따뜻하고 평화롭기 위해 오늘은 쉬지 않고 일해야 한다.

우리는 내일이라는 미지의 잔치에 초대받은 사람들이다. 그 확실한 초대에 언제나 잔잔한 흥분을 가누며 오늘을 사는 것이다. 오늘 내가 그 잔치를 위해 땀을 흘렸다면, 오늘 내가 그 잔치를 위하여 부족함과 고통을 진실하게 치러냈다면 단연코 내일의 잔치에 주인공이 될 것이다.

우리는 절약하며 살아야 한다. 부족하고 부족한 가운데서도 바늘 끝만 한 저축을 할 수 있다면 우리는 행복할 수 있다. 그러니 행복이란 누구나가 자유롭게 선을 그어 소유할 수 있는 임자 없는 땅이다. 자신이 행복하다고 하면 행복한 사람이 된다. 즉, 행복은 자신이 결정한다는 말이 된다.

   ***행복은 결코 눈물 없는 곳에서만 존재하는 것은 아니다. 비탄과 회환속에서도 행복은 존재할 수 있다. 오늘의 근심을 이겨내는 사람에게 내일은 행복을 선사할 것이다.

이 세상 누구도 싸움 없이 이기는 사람은 없다. 오늘의 고통과 싸워 이기는 사람이 곧 승리자임을 명심하자.

행복에는 날개가 있다. 자칫 소홀하고 게으르면 그것은 어느새 날아가 버리고 만다. 오늘은 언제나 힘겹고 고달프고 피곤하고 근심스런 일들뿐이다. 그러나 그 온전하지 못한 생활속에서 아름다움은 자리하고 있다. 행복하고 아름답고 승리로운 삶이 나하고는 상관없는 것이라고 단정하지 말라.

승리로운 삶은, 내일을 위하여 오늘을 경건히 사는 일

이다. 행복은 마음속에서만 찾을 수 있다고 생각할 때 즐거우며, 내일이 있다고 믿게 될 때 자신의 삶을 승리로운 삶으로 이끌어갈 수 있을 것이다.

사랑하는 사람을 보아라! 보잘것없는 풀잎 하나, 떨어지는 나뭇잎 하나, 예기치 않게 불어오는 한 줄기 바람에도 그는 지나치지 않는다.

사랑은 침묵의 언어이다. 사랑은 빛나는 언어이며 물살찌우는 잔잔한 파도의 언어이다. 사랑은 기쁨의 계곡에서 흘러내리는 한 줄기 달디 단 물이며 고단위 단백질과 같이 허약하고 초라한 정신의 메마름에 원기를 회복시켜 준다.

사랑은 하나의 얼굴이며 하나의 진실이고 하나의 운명이다.

성공의 비결

*나의 성공 비결은 보통사람보다 아주 조금만
보다 양심적으로 노력한 것일 뿐이다.

'성공에서는 아무 트릭도 없다. 나는 나에게 주어진 일에 전력을 다했을 뿐이다.'

미국의 철강 왕 카네기가 언젠가 성공의 비결을 말해 달라는 요구에 대답한 말이다. 또한 카네기는 '굳이 말 한다면 보통 사람보다 아주 조금만 보다 양심적으로 노 력했을 뿐이다.' 라고도 했다.

카네기는 스코틀랜드의 가난한 수직공의 집안에서 태 어났지만 미국으로 이주해 펜실베이니아 철도에 근무 하고, 그러는 한편 저축한 돈을 침대차 회사 등에 투자 해 거대한 이익을 얻었다. 다시 철강 수요가 증대할 것 을 전망한 그는 독립해서 철강소를 설립하였다.

그리고 재빨리 베세마 제강법을 도입했다.

1881년에는 미국 최대의 철강회사인 카네기 형제회사를 설립했다. 그리고 이것을 기초로 철강석, 석탄, 철도 등의 기업 활동을 시작했다.

다시 모건 재벌계와 대합병, US 스틸을 설립해서 미국의 철강 생산 70%를 독점하게 되었다. 그렇지만 그는 그것을 계기로 실업계를 물러나 카네기 재단과 카네기 공과대학을 설립하고, 그 거액의 재산을 문화, 교육 사업에 투자하였다.

'부는 신성한 것이며, 인류향상을 위해 이것을 사용하지 않으면 안 된다.'

이것이 카네기가 지닌 평생의 신념이었다. 이 같은 스스로의 체험을 통해 카네기는 '성공에는 아무 트릭도 없다.'고 한 것이다. 참으로 당당한 정론이다. 복잡하고 갖가지 트릭이 난무하는 오늘 날의 사회에 꼭 살려야 할 명언일 것이다.

노래하는 마음을 가진 사람은 혼자 떠
있을 생각하고 있는 모든 일이 외롭지
않아 늘 외롭지 않다.

Love is patrently answering
all those questions

CHAPTER 4

아름답다고
느낄 때 나는

시기하는 마음 없이 남의 성공을 이야기하며 경쟁하지 않고 자기가 하
고 싶은 일을 하되 미친 듯이 몰두하게 되기를 바란다.
우리는 누구도 미워하지 않으며 특별히 한두 사람을 사랑한다하여 많은
사람을 싫어하진 않으리라.

우리는 병에는 복종하지만 감정에는 복종할 줄 모른다. 그대 자신을 조용히 다루
어 보라. 병자가 음식을 가리듯 당신은 생각을 가려야 한다.

진실은 자연에서 솟아나는 샘물

＊ 진실은 무색이면서도 강력한 색조로 인간을 선망케 한다.
진실은 또 무정하면서도 어느 순간 인간의 고막을 터뜨리게 하는 발성을
지니고 있다. 하나의 진실은 한 시대를 바로잡으며 하나의
진실은 세계를 압도하는 힘을 가지고 있다.

 이 시대에 범람하고 있는 허위虛僞의 탈은 이 시대가 벗기지 않으면 안 된다.

 허위, 그것은 달콤한 당분과 같아서 만병의 근원이 된다. 허위, 그것은 또한 이미 이 시대의 인간 누구에게든 오염되어 있어서 한정된 타인만의 문제는 아니다.

 진실은 달변도 아니며 영원한 침묵도 아니다. 그것은 소리 없이 행해지나 언젠가는 표현되어지며 누구에게나 공인되어지는 긴 수명을 지니고 있다. 그러나 진실은 조형의 예술이 아니다. 진실은 자연에서 솟아나는 샘물, 바로 그것이다.

 자연속에 샘물이 존재함을 알되 아는 것에 그쳐서는 안 된다. 그 지식만으로 하여 인간의 목마름을 풀 수는 없다. 행동하며 표현해야 한다.

그 샘물을 찾아내야 하며 땅을 파야 하고 물을 길어 올려야 한다. 그러나 길어 올린 물을 손에 들고 있다고 해서 우리의 갈증이 가셔지는 건 아니다. 그 물을 마셔야 한다.

***진실은 향락이 아니다. 허위는 증발하나 진실은 남는다. 진실만이 자리를 지키며 진실만이 감동될 뿐임을 우리는 안다. 진실은 보수를 바라지 않는다. 진실에 보수를 치러야 한다면 오직 결실과 영육의 발한일 뿐이다. 진실은 무색이면서도 강력한 색조로 인간을 선망케 한다. 진실은 또 무정하면서도 어느 순간 인간의 고막을 터뜨리게 하는 발성을 지니고 있다.

하나의 진실은 한 시대를 바로잡으며 하나의 진실은 세계를 압도하는 힘을 가지고 있다. 바람이 나뭇잎을 흔들어서 자기의 실체를 과시하듯이 진실은 자기의 존재를 보이지 않으면서 아름다움과 믿음과 선을 통하여, 또한 고통과 아픔과 인내를 통하여, 그리고 사랑을 통하여 그것을 알게 한다.

짧지도 길지도 않았던 삶의 뒤안길을 돌아보니 내게

불면의 밤도 있었고 가슴 가득 푸르른 날도 있었다. 너무 사랑하기 때문에 헤어지노라는 말을 서슴없이 내뱉고, 가슴속에 이는 한 조각 파문 때문에 이 세상의 삶을 단순한 색깔로 채색해 버린 적도 있었다.

그러나 이제 깨닫게 되었다.

시간은 흐르지 않으며 다만 변화해 가는 것이고, 시간 자체는 바로 우리들 자신이란 것을!

우리들 자신이 모든 것에 빠져들고 열중하고 그리고 마침내는 싫증과 종말을 가져온다는 것을! 사랑에 잠시 머물고 꿈과 희망과 자유에 잠시 젖고 억압과 질서와 생존의 틀에서 파닥거린다는 사실을!

우리의 시간은 영원히 뒤에 남는다. 따라서 우리는 철저히 고독해져야 한다. 자신을 흔쾌히 잃고 자신을 완벽히 되찾는 연습을 오늘도 되풀이해야 한다. 그것만이 우리의 삶을 진하게 사는 일이다. 그러나 삶이 고독하지 않다고 누가 말할 것인가. 여기 고독한 삶을 사는, 스스로 자신이 고독하다고 느끼는 사람들에게 이 작은 언어를 바친다.

'인생은 나그네' 라는 아주 오래된 비유는 살아가는 일을 여행에 비교하고 있다. 우리들은 너나없이 모두 여행가이며 여행이란 무조건 즐거운 행사로 생각하는 습관이 있다. 사실 인생길의 어른과 나그네들 가운데에는 아주 낡은 지도를 가지고 여행하는 사람들이 있다.

반면에 젊은 나그네들은 새것이긴 하지만 틀린 지도를 들여다보며 여행 계획을 세우는 경우가 있다. 그런가 하면 지도가 없어서 아예 출발을 망설이는 어린 나그네들도 많다. 그렇다면 당신 자신은 지금 어떤 상황에 처해 있는 것일까, 곰곰이 생각해 보자.

시간은 흐르지 않으며 다만 변화해 가는 것이고,

시간 자체는 바로 우리들 자신이란 것을!

우리 삶의 현실은 역사적 현실

우리 삶의 현실은 역사적 현실이다.

지난 시대는 오늘의 뒷받침이 되지만 오늘의 현실은 전혀 새로운 모습으로 우리들 앞에 놓여 있다. 이 현실은 가차 없이 우리에게 도전하고 있으며 우리는 싫더라도 이 도전에 대응해야 한다.

도전과 곤혹과 혼미, 이 안에서 오늘의 우리 시詩는 어떤 대응을 해야 하는가. 오늘날의 시는 그 감동이 삶의 깊은 뿌리로부터 나온다고 생각한다. 아울러 이를 뒷받침할 수 있는 방법론도 크게 요구되고 있다.

'시의 언어는 육화된 사고로서 영혼을 지닌 존재가 된다.'고 한 칼 라너의 말을 되새겨보자.

사랑이 없는 삶은

꽃이나 열매가 없는 나무와
무엇이 다르랴.
그리고 아름다움이 결핍된 사랑은
마치 향기 없는 꽃이요
씨 없는 과일과 같으니,
삶과 사랑 그리고 아름다움은
끝없이 자유로운 삼위일체요
결코 변하거나 떨어지는 법이 없는 것이오.
저항 없는 삶은
봄이 없는 계절과도 같은 것이오.
그리고 정의 없는 저항은
황량하고 메마른 사막의 봄과 같으니
삶과 저항 그리고 정의는
불변의 삼위일체인 것이오.
사랑은 시작도 끝도 없는
한 줄기 둥근 빛이라는 것을,
존재해 온 모든 것을 감싸주며
앞으로 존재할 모든 것까지도 포용해 줄,
영원히 커져만 가는 햇무리라는 것을,

눈을 들어보고 귀를 열어 들으며
입술을 내어 말하고
가슴을 펼쳐 사랑하라고 가르쳤다네,
그대는 그대의 입술로 나의 정신에 입맞추었네.

***사랑받기를 거절한 그대여, 이제 자유로울 수 있다고 생각하는 것은 크나큰 착각이다. 사랑을 끊는 그 순간부터 우리는 산 같은 절망에 구속된다.

사랑을 등지는 그 시각부터 우리는 소금가마니 같은 고독에 갇히게 된다.

아아, 사랑을 피해 어디로 가오리까?

그대여, 차라리 인내의 한계선에서 울음을 토하던 연약한 인간 실존의 모습이 더 아름다웠다. 폭음을 염려하여 눈물을 흘리며 기도하는 자의 심정을 이해하면서도 술을 끊지 못하는 어리석음을 실토하는 것이 솔직하고 인간적이었다.

우리 모두는 그대의 귀향을 기다린다. 그대의 빛, 그대의 고향인 사랑의 빛깔로 하루 속히 돌아와 주기를 소망한다.

만 리 길 나서는 길

처자를 내맡기며 맘놓고 갈 만한 사람

그 사람을 그대는 가졌는가

온 세상 다 나를 버려 마음이 외로울 때도

저 맘이야 하고 믿어지는

그 사람을 그대는 가졌는가

잊지 못할 이 세상을 놓고 떠나려 할 때

저 하나 있으니 하며

방긋이 눈 감을 수 있는

그 사람을 그대는 가졌는가.

***희생이 수반되지 않는 사랑은 모두 변칙이다. 주고 받는 사랑은 어렴풋이나마 그리워하게 된다. 더 나아가서 주는 사랑이 받는 사랑보다 더 가치 있는 것임을 깨닫는다.

바닷가로 가서 파도 소리를 들으며 사랑을 키워보라.
꽃으로 말하면 만말한 상태요.
나무로 비유하자면 짙은 녹음의 시기라 할 수
있다.

진정한 힘

'격하지 않고, 급하지 않고, 겨루지 않고, 따르지 않
고, 그로서 대사를 이루자.'

이 말은 양명학의 시조 왕양명의 말이다. 이 말 앞에는
'냉冷에 견디고, 고苦에 견디고, 번煩에 견디고, 한閑에
견디고'라고 씌어 있다.

여기서의 냉은 냉대, 고는 고난, 번은 번망, 한은 한가
하다는 뜻이다. 이런 것들에 견딤과 동시에 격분도 않
고, 조급하지도 않고, 남과 다투지도 않고, 그렇다고 해
서 추종도 하지 않는다. 그렇게 해야만 비로소 큰일이
이루어지는 것이라고 한다.

왕양명은 중국 명대의 정치가이자 사상가로, 유교의
입장에 서면서, 당시 주류를 이루었던 주자학을 비판하
고 양명학으로 불리는 독자적인 사상을 창출했다.

그 사상은 중국 남방의 반란을 진압하는 군사 행동속에서 형성된 것으로 그 때문에 책상 위의 논리에 한정되지 않고 매우 실천적이며 유일무의하다.

왕양명은 '지행합일知行合一'이라든지 '치양지致良知'라는 말로 나타나듯이, 지知를 그대로 실천하는 것을 중시했다. 이 말도 얼핏 보기에 소극적이고 수수한 것 같지만, 그 뜻하는 바는 크다. 큰일을 달성할 수 있는 진정한 힘은, 이같이 외면적으로는 평정을 유지하면서 내부에 에너지를 계속 축적함으로써 비로소 생기는 모양이다.

아름답다고 느낄 때 나는

* 아름다운 것을 보면서 아름답다고 느낄 때 나는 절대로 진실하다. 진실은 한 가닥 마음의 중심이요, 목숨을 목숨으로 지탱시키는 최선의 태도일 뿐이다.

우정이라 하면 사람들은 관포지교管鮑之交를 말한다. 그러나 나는 친구를 괴롭히고 싶지 않는 것과 마찬가지로 끝없는 인내로 베풀기만 할 재간이 없다. 나는 될수록 정직하게 살고 싶다. 내 친구도 재미나 위안을 위해 그저 제자리서 탄로 나는 약간의 거짓말을 하는 재치와 위트를 가졌으면 싶을 뿐이다.

우리가 항상 지혜롭진 못하더라도, 자기의 곤란을 벗어나기 위해 비록 진실일지라도 타인을 팔진 않을 것이다. 오해를 받더라도 묵묵할 수 있는 어리석음과 배짱을 지니기를 바란다. 우리의 외모가 아름답지 않다 해도 우리의 향기만은 아름답게 지니리라.

우리는 시기하는 마음 없이 남의 성공을 이야기하며 경쟁하지 않고 자기 하고 싶은 일을 하되 미친 듯이 몰두하게 되기를 바란다. 우리는 누구도 미워하지 않으며 특별히 한두 사람을 사랑한다 하여 많은 사람을 싫어하진 않으리라.

우리의 손이 비록 작고 여리나 서로를 버티어 주는 기둥이 될 것이며 우리의 눈에 핏발이 서더라도 총기가 사라진 것은 아니며 눈빛이 흐리고 시력이 어두워질수록 서로를 살펴주는 불빛이 되어 주리라.

아름다운 것을 보면서 아름답다고 느낄 때 나는 절대로 진실하다. 진실은 한 가닥 마음의 중심이요, 목숨을 목숨으로 지탱시키는 최선의 태도일 뿐이다. 진실은 술이나 과자, 담배와 같은 기호식품이 아니다.

***젊음이라는 말은 리본처럼 아름답다. 젊음은 자랑스러운 훈장은 아니다. 하지만 이상과 포부가 없는 젊은이를 나는 용서할 수 없다.

성실과 노력과 인내로 가꾸는, 길고도 완만한 곡선의 과정은 불편하고 고통스러우며 지루할 뿐이라고 젊은이는 생각한다.

봄은 마약 같은 유혹으로 사람을 들뜨게 하고 여름은 잔소리처럼 질펀히 녹아 눌어붙게 하며 겨울은 또 사람의 영혼까지 동결시킬 듯 협박한다. 그러나 가을은 내가 나임을 일깨워 가르쳐 주고 근엄한 사색으로 정돈하게 하느니만큼 경박한 자도 아둔한 자도 깨닫고 돌아오는 계절이다. 그러므로 가을의 독서는 당연한 질서요. 생색을 내고 떠들며 자랑할 것이 못된다.

푸른빛이 창에 비친다.
풀을 뽑지 않고 놓아둔다.
오직 독서가 낙이다.
훈풍에 거문고를 뜯는다.
오직 독서가 낙이다.
달을 바라본다.
서리가 하늘에 가득하다.
오직 독서가 낙이다.
활짝 핀 두어 송이 매화 전지의 마음이다.
오직 독서가 낙이다.

예서 선비 송희는 이렇게 노래했다.

눈이 부시게 푸르른 날은
그리운 사람을 그리워하자.
저기 저 가을 꽃자리
초록이 지쳐 단풍드는데
눈이 내리면 어이하리야
봄이 또 오면 어이하리야.

그리운 이여, 행여라도 이것을 자학이라고 생각하지
말라. 자학은 우리를 괴롭히는 행위이고 우리의 마음에
기쁨을 떨어뜨리는 것이지 성숙으로 가는 길이 아니다.

아름답고 아름다워라
그윽한 곳에 숨어 피는 꽃이여.

그 향기는 곧 사라진다 하여도 그 빛깔의 향기가
변화시킨 놀라운 세계는 남는다.

사랑을 하는 남녀들이여
세상은 그대들 있어

별밭처럼 찬란하고

삶은 이처럼 아름다워라.

조물주의 손에서 떠날 때는 모든 것이 선이지만 인간
의 손 안에서 나빠진다.

죽음의 신이 당신의 문을 노크할 때에 당신은 생명의
광주리속에 무엇을 담아 그의 앞에 내어놓겠는가. 우리
는 절대로 그를 빈손으로 돌려보내서는 안 된다. 현자
의 마음은 슬퍼하는 곳에 있으나 우둔한 자의 마음은
즐거운 곳에 있음을 명심하자.

많은 사람들은 빛이 외부에서 나타나기를 원하지만 빛
은 자기가 가진 내부에서 찾아서 밝혀야 한다.

힘에 의하여 승리한 사람을 나는 영웅이라고 부르지
않는다. 심정에 있어서 위대한 사람을 나는 영웅이라
부른다. 인간은 꿈속에서 영웅이 되는 것은 쉬우나 그
날그날의 일부 중에서 한 사람의 인간이 되는 일은 쉽
지 않다.

행동인으로서든지 수난자로서든지 간에 우리는 우리
의 이성보다 더 높은 곳에 존재하는 평화를 위하여 몸

을 바치고 있는 사람들의 힘이 진실임을 증명하도록 해야 한다.

나는 희망하는 인간이다. 살아 있는 한 반드시 무엇을 믿고 있다. 희망은, 호숫가에서 자기가 누구인지를 알지 못하는 사람들에게 가까이 갔던 것처럼, 낯설고 이름도 없는 사람으로 우리에게 다가오고 있다.

희랍의 철학자 달레스의 3대 감사는 이것이다.

첫째, 동물로 태어나지 않고 사람으로 태어난 것.

둘째, 여자로 태어나지 않고 남자로 태어난 것.

셋째, 야만인으로 태어나지 않고 희랍인으로 태어난 것.

영혼과 육체가 조화를 이루어가다 겨우 있는
사랑을 구축해 간다면서 그 것을 끝두가 아름다운 것이다

사랑은 자기본위가 아니다

* 우리는 우리의 것을 끝까지 이행하게 허락하여야 하며
서로가 자유롭게 하고 진정한 사랑을 알도록 해야 한다.

***참사랑은 자기본위가 아니다. 그것은 주는 사람이나 받는 사람을 전부 자유롭게 해주는 것이다. 우리는 누군가에게서 사랑받고 있다는 것을 알게 되면 마음이 든든해지고 어려움이 줄어든다.

서로 정답게 완전하게 믿는 마음으로 사랑하자. 진실해지려면 용기가 있어야 하며 결실과 실천이 있어야 한다. 사람을 이해하려면 진실해져야만 하는 것이다. 사랑에 호응할 수 있는 기회는 매일매일 우리를 찾아오기 마련이다.

***미소, 친절한 태도, 함께 대화를 나누는 일, 일을 잘 했다고 지적해 주는 것, 남을 위한 일을 한다는 것은 우리 자신의 기쁨을 더욱 크게 해줄 것이다.

우리가 행복을 찾는데 도움이 되는 이야기들을 듣지

못하게 될 때 우리는 목표 없는 혼란된 삶을 살아가게 될 것이다. 행복을 알고자 한다면 우정의 씨앗을 가꾸어 주어야만 하며, 참된 사랑이란 함께 환성에 이르는 길을 찬양하는 것을 의미한다.

***함께 갈 때는 기쁨을 느끼고, 가는 방향이 서로 엇갈릴 것 같을 때는 성장의 과정이라고 믿자. 사랑하고 사랑을 받는다면 딱딱한 인생의 목소리도 부드럽게 될 것이며 사랑하는 친구와 함께 있으면 폭풍우가 몰아치는 날씨도 그렇게 황량하지는 않을 것이다. 그와 마찬가지로 속박을 하는 연인은 사랑의 관계에 찾아올 종말을 조용히 기다리는 신세가 된다.

***상대방을 궁지에 몰아넣지 말자. 그리고 참사랑은 자유로움을 약속하는 선물이라는 것을 굳게 믿도록 하자. 사랑은 타협을 하며 혼자 소유하지 않는다. 사랑은 자유롭게 하고 남의 실패에 즐거워하지 않는다. 또한 우리의 거친 목소리를 부드럽게 하고 장점을 강화한다. 우리는 우리의 길을 끝까지 여행하게 허락하여야 하며 서로가 자유롭게 하고 진정한 사랑을 알도록 해야 한다. 사랑하는 사람에게 구속받는 것은 불쾌한 일이다.

***사랑은 우리에게 최선을 다하게 한다. 사랑은 우리를 치유하고 결속시키며 우리에게 신비한 순간들로 가득한 인생을 약속한다. 사랑을 주는 것은 아주 간단한데도 기회가 있을 때조차 우리는 잘 잊어버린다.

  남의 말을 들어주는 마음으로 존경한다면 삶의 모든 국면이 풍요해질 것이다. '무엇이든 남에게 대접을 받고자 하는 대로 너희도 남을 대접하라.'는 황금률을 소중히 여기도록 하자.

  충실하게 살고 또 진정으로 사랑하는 한 행복은 우리에게 주어진 선천적인 권리이다. 마음을 씀에 있어서는 결과보다 과정이 중요하다.

  ***사랑은 치유자이다. 사랑은 그것을 주는 사람을 치료하며 그것을 받는 사람을 치유한다. 사랑은 또한 긍정적인 느낌이다. 만약 인생에서 이 느낌을 간직한다면 우리는 의지를 둘러싸고 있는 모든 불균형적인 상태로부터 우리 자신을 해방시킬 수 있을 게 확실하다.

  더 많이 사랑할수록 당신은 더 많이 사랑받게 된다. 사랑이 당신에게 손짓을 하면 사랑의 길이 아무리 힘들고 험난해도 사랑을 따라가라.

사랑은 마술사이며 요술쟁이다. 그것은 가치 없는 것을 기쁨으로 바꾸고 보통 진흙으로 왕과 왕후를 만든다. 사랑은 우주를 밝히는 등불이어서 그 등불이 없으면 지구는 살 수 없는 절벽이며 사람은 먼지의 진수이다. 사람의 구원은 사랑을 통해서 그리고 사랑속에서 이루어진다.

서로 사랑하라. 그러나 사랑의 굴레를 만들지는 말아라. 사랑은 그대가 좋아하는 사람들이 그대를 만족스럽게 해주기를 고집하지 않고 그들로 하여금 기꺼이 스스로를 위해 선택하는 바가 되도록 허용하는 능력이다.

사랑이라는 마술사는 두 사람이 서로 다른 방향으로 걸어가면서도 여전히 나란히 있게 하는 묘기를 알고 있다. 참사랑이라면 당신은 상대방의 선을 얻고자 할 것이다. 낭만적인 사랑이라면 당신은 상대방을 소유하고자 할 것이다. 사랑한다는 것은 다른 사람의 행복속에 그리고 우리의 행복속에 나의 행복을 두는 것이다.

성실한 사랑은 소유하는 데서 생겨나는 것이 아니라 필요한 공간과 거리에서 생겨나며, 조건 없는 사랑이란 어린이들만이 아니라 모든 사람들의 가장 깊은 갈망의 하나라고 할 수 있다. 참되지 않은 모습으로 사랑받는 것보다 참된 모습으로 증오받는 것이 낫다.

이 세상 무엇과도 비길 수 없는 청결함으로, 처녀의 마음으로 사랑한다. 사랑이 후회스러울 때도 있고 아픔이던 때도 있었다. 그러나 사랑만이 인간에게 삶의 원인이 되게 해주었음은 사실이다.

꿈이 없는 안정보다 꿈이 있는 패배를 당신은 사랑하는가? 이별 때문에 당신은 만남을 회피하는가? 바람이 제아무리 강한 폭풍이라 하여도 시간만큼 인간의 모습을 바꾸어 놓지는 못한다. 당신은 시간 앞에 언제나 새로운 얼굴이며 시간은 언제나 당신 앞에 언제나 새로운 얼굴이다.

***하늘을 우러러보아라. 누군가 파아란 빛깔을 물으면 우리는 서슴없이 하늘을 가리켰다. 그러나 하늘은 늘상 파아란 빛깔은 아니었다.

산을 보아라. 산은 거칠고 험해 보여도 그 안에 포근한 가슴이 굽이굽이 있음을 알리라. 외로운 이에게는 넓은 가슴이, 추운 이에게는 따뜻한 가슴이 되어, 마음이 어둡고 황량한 이에게는 청명한 바람으로, 산은 기꺼이

안아줄 것이다. 산은 언제나 부족하지 않고 넉넉하여
인간의 굶주리는 치부를 채워주는 어진 모성을 알게도
한다.

***바다를 보아라.

불같은 생명의 몸부림을, 주체할 수 없는 열정으로 일
어나는 파도의 아우성을 알 수 있을 것이다. 바다는 한
외로운 여자의 땅이다. 그녀의 눈물 없이는 바다가 없
으며 그녀의 울먹임이 없이는 파도는 잔잔할 것이기 때
문이다. 바다는 잠 못 이루는 한 여자의 영원이며 한 여
자의 말하는 육체이기도 하다.

사람은 늘 손닿지 않는 것에 대한 소망으로 고독하고,
생명을 가졌음에도 그 생명 가까이서 떨고 있음을 알게
된다.

아름다운 달이
빛나고 희열에 찬 날이라
아, 삶이란 찬란하며 무릇 황홀하다
이렇게 외치며 일어나고 싶었습니다

우리는 살아가다가 가끔
몸과 정신을 앓곤 합니다

세상은 아름답다. 삶이란 존귀한 것이며 아끼며 사랑
하여 찬미를 보내며 살아야 한다.
싸움은 언제나 건실한 쪽이 이긴다. 건실한 쪽이 응원
의 박수를 받는다.

아름답게 깊어가는 계절
불타오르는 산,
산새들의 지저귀는 소리
산의 가슴을 파고 흐르는 계곡의 물소리
언제 보아도 가슴을 내려앉게 하는
바다의 간헐적인 기침 소리 같은 파도
그 가슴 뜯어내는 사무침

***내일을 준비하기 위해 오늘은 기꺼이 땀을 흘리고
내일에 내가 따뜻하고 평화롭기 위해 오늘은 쉬지 않고
일해야 한다.

우리는 언제나 내일이라는 미지의 잔치에 초대받은 삶이다. 행복이란 누구나가 자유롭게 금 그어 소유할 수 있는 임자 없는 땅이다.

자신이 손바닥만큼 행복하다면 그만큼만 행복하다. 행복은 자신이 결정한다. 행복은 결코 눈물 없는 곳에서만 존재하는 건 아닐 것이다.

우리는 철저히 고독해져야 한다. 자신을 흔쾌히 잊고 자신을 완벽히 되찾는 연습을 오늘도 되풀이해야 한다.

사랑은 기다림

* 이 세상에서 가장 무서운 것은 빈곤이나 질병이 아닌 일에 대한 권태라는 것은
이미 아는 이야기일 것이다. 권태속에서는 결코 가치를 찾을 수 없다.
작은 일이지만 가치를 심고 키우면 그것이 곧 자신감이며 능력이며 힘이다.

오만을 용기로 생각지 말며 친절을 비겁이라 생각하지
말고 침묵을 무지라고 생각하지 말라. 저마다 가장 낮
은 사람으로 키를 줄이며 양보하자.

사랑하는 것보다 더 아름다운 경험은 없다. 이건 사실
예사로이 오는 것은 아니다. 찾고 싶다고 해서 찾아지
는 건 더더욱 아니다. 이 세상에 사랑보다, 찬란한 사랑
보다 더 진귀한 것이 또 있을까.

사랑은 계약이 아니다. 시한을 두고 한 약속도 아니다.
사랑은 기다림이다. 기다려야 한다. 강요할 수 없고 잘
라낼 수도 없으며 잘라낸 것을 이을 수도 없는 이 감정
이 바로 사랑이다.

***영혼과 영혼이 만나는 곳엔 어둠이란 없다. 사랑은
모든 것을 주어 버렸을 때 더욱 풍부해지는 것이니, 인
간의 삶이란 저마다 불을 안고 살아가는 것이며 자신의

육체는 한낱 땔감에 불과한 것인지도 모른다.

물고기는 물속에서 헤엄을 치면서 그것이 물인 줄 모르며 새는 바람을 타고 날면서 그것이 바람인줄 모를 것이다.

서둘러 하는 일에는 언제나 실수가 따르는 법이다. 너무 빨리 단념해 버리는 것도 일종의 과실이다. 행한 일을 되새겨보지 않는 것도 문제이다. 한 가지 일에 지나치게 몰두하는 것도 때로 병을 초래하는 근원이 된다.

꿈은 영원히 살아 있는 추상화요, 비밀스러운 터널이며 아쉽게 막이 내리는 무대라고 할 수 있다. 꿈은 하나의 소망이며 삶의 근원이다. 꿈을 거부할 줄 아는 자는 일찍이 없었다. 오늘도 우리는 꿈을 기다린다.

사고가 바뀌면 행동이 바뀌고
행동이 바뀌면 습관이 바뀌고
습관이 바뀌면 인격이 바뀌고
인격이 바뀌면 운명이 바뀐다

월리엄 제임스의 말이다.

앙드레 지드는 '감동이 있는 한 너는 아직도 청순함 그 자체 안에 살고 있다.'고 했다.

감동이 너무 지나치면 경박스럽고 너무 둔해도 또한 무지해 보인다. 그러나 감동이란 어떤 대상 앞에 받는 충격적 즐거움을 표현하는 관심과 애성이므로 경박스럽다는 것은 지나친 견제의 도덕이라고 말할 수도 있을 것이다.

자연은 우리를 살아 있게 한다. 그것을 보는 즐거움 때문에 한 시간쯤 더 살고 싶다고 말한 사람이 있을지도 모른다. 자연은 아름답지 않은 것이 없다. 나무와 바람, 별과 달, 눈과 비, 꽃과 나비, 무량하게 날아오르는 새들은 사람을 경탄케 한다.

이 세상에 좋은 것이 아무리 많아도, 그 많은 것 중에서도 가장 좋은 것은 친구라고 말하고 싶다.

남자를 남자답게 하고 인간답게 하고 아름답게 하며 강하게 보이게 하는 일은 여자의 마음을 움직이게 하는 일이다.

진실한 것, 순수무구한 것에 대해서도 강한 희구를 느낀다. 자신의 꿈을 뜻대로 이루지 못하고 그 꿈을 좇으며 사는 것이 우리의 삶이다. 온 세상이 외면할지라도 진실한 믿음은 가장 허약한 가슴을 안고 영웅적인 형상을 쌓으며 외롭게 믿음을 키워간다.

보잘것없는 것이라도 오랫동안 성심을 다해 하노라면 그것에 어떤 의미와 철학과 방향이 생기는 법이다. 어떤 것에 움직인다는 것은 사랑과 정열이 있다는 것이요, 삶에 의욕을 갖는 일이 된다.

앙드레 지드는 '우리들의 넋에 어떤 가치가 있다면 그건 다른 사람의 넋들보다 더 치열하게 불타기 때문인 것이다.'라고 했다. 가진 것만큼 행복하다면 그것도 나쁠 것이 없다. 그러나 가진 것만큼 행복해질 수는 있어도 가진 것만큼 인격의 무게를 갖추는 일은 참으로 어려운 모양이다.

'괴로워하는 일을 배우라.'는 이 어리석은 말은 극복의 지혜를 뜻한다. 삶의 방향은 자신이 물꼬를 트는 쪽으로 흐른다는 믿음을 갖는다는 것이 대단히 중요하다.

고뇌와 고난의 투쟁에서 인간을 구제한 것은 투쟁이 아니라 희망이었다. 꿈과 이상을 가지고 노력하다가 사람의 힘이 미치지 않는 곳에서 절망하는 법을 배우는 것도 삶의 성숙을 키워내는 일에 도움이 되리라 본다.

  '미소는 전기처럼 돈도 안 들이면서 그 이상으로 밝은 빛을 낸다.'는 삐에르의 말이 떠오른다. 이 말은 미소란, 즉 열린 마음이며 열린 마음은 곧 사랑이라는 의미이다.

  이 세상에서 가장 무서운 것은 빈곤이나 질병이 아닌 일에 대한 권태라는 것은 이미 아는 이야기일 것이다. 권태속에서는 결코 가치를 찾을 수 없다. 작은 일이지만 가치를 심고 키우면 그것이 곧 자신감이며 능력이며 힘이다.

  소망하라, 갈구하라, 사모하라, 그리고 삶을 찬미하라.

배움의 중요성

◎

　'성性은 서로 가깝고 배우는 것은 서로 멀다. 인간은 태어나면서 어떤 소질이나 성질, 그리고 재능에 그다지 차이가 없다. 그렇지만 그 후의 습관이나 교육에 의해 차츰 큰 차이가 나게 되는 법이다.'

　공자가 계씨季氏의 간신으로 노나라의 국정을 어지럽히고 있는 양화陽貨에게 한 말이다.

　확실히 습관 및 교육은 인간의 성질이나 재능의 형성에 큰 영향을 끼친다.

　1920년 인도의 캘커타 서남쪽의 산 속에서 두 소녀가 발견되었는데, 그들은 늑대가 채간 뒤 그대로 늑대에 의해 키워지고 있었다. 한 소녀는 나이가 8세 정도였는데, 말은 언급할 것도 없이 못하고 그저 으르렁거리거나 짖어대기만 했다. 먹는 것은 날고기와 우유뿐이었다. 네 발로 걷는데다가 손도 쓰지 못했다고 한다.

그런데 고아원에 수용된 그 소녀들은 한 목사 부인의 정성된 노력으로 말을 이해하기 시작했고 차츰 감정도 풍부해졌다고 한다. 이것만 보아도 인간에게 있어서 천성적으로 가지고 있는 소질이나 본성도 그렇지만 훗날의 습관이나 교육, 그리고 환경이 얼마나 중요한가를 알 수 있다.

중국에서는 20세기 초의 청나라 시대까지, 아이가 공부를 배우기 시작했을 때에는 『삼자경』이라는 텍스트를 공부하게 했다. '삼자경'의 첫머리에는 '사람의 처음은, 성은 본래 선하다. 성은 서로 가깝고 배우는 것은 서로 멀다.'는 공자의 말이 실려 있다. 당시의 이들은 모두 이 말을 배우는 데서부터 학문에 들어간 것이다.

기쁨이 있는 곳, 웃음이 넘치는 곳

* 아름다운 생활은 아름다운 생각을 촉진시킨다. 그리고 아름다운 생각은 곧 인간
의 평화와 근원적인 사랑을 깨우치게 하는 원인이 되어주는 것이 아니겠는가.

사랑은 사랑 그 자체로서 완벽한 것이고 우리는 그 사
랑 하나만으로 영혼까지 배불러지는 경지에 다다를 수
있단다. 그런데 다른 사람들은 이것을 헛된 꿈이라고
하는구나. 진심으로 기쁨을 가지고 노력해도 부족한 시
간을 불만과 투정과 속임수로 보낸다는 것은 멍텅구리
짓일 수밖에 없지.

이 세상에는 실패와 성공 두 가지가 있는 게 아니라 실
패와 성공이 늘 고리처럼 어울려 한 묶음으로 존재하는
것이라고 생각되는구나.

포기하지 않고 사랑하는 자세로 똑바로 서면 지독한
패배조차 성공으로 가는 길을 비추는 불빛으로, 그 의
미가 달라질 수 있기 때문이란다.

사랑이란 바람처럼 어디가 시작이고 어디가 끝인지도

모르게 마음 안에서 살아나는 것이지. 기쁨이 있는 곳, 웃음이 넘치는 곳, 그곳이 마음을 꽃피게 하는 봄일 것이야.

꿈이 있다는 건 내일을 믿는 것이고 내일을 믿는 것은 곧 희망을 가지는 것이다. 스피노자는 '최대의 교만이나 최대의 자기 비하는 자기에 대한 최고의 무지.'라고 말했지.

아름다운 생활은 아름다운 생각을 촉진시킨다. 그리고 아름다운 생각은 곧 인간의 평화와 근원적인 사랑을 깨우치게 하는 원인이 되어주는 것이 아니겠니.

'그대여, 주저하지 말라. 숭고한 것을 희구하는 것은 가장 확실한 선이다. 그리고 그건 그대의 선, 그대는 이제 알게 되었다. 드높은 환상은 모든 거칠고 나쁜 선택을 거부한다.'

인생에 있어서 단 하나의 이상적인 목표는 평화와 사랑의 나라를 이룩하는데 있단다.

사람은 기쁨보다 오히려 고통을 더 좋아하기에 기쁨을 두려워하는 경지에까지 이를 수가 있지. 우리들은 언제나 실제적인 교훈을 받아들이려는 담담한 마음을 갖고 누구에게서나 받아들여야 함을 염두에 두거라.

하지만 일반적인 인생관에 관하여는 누구나 사색과 경험에 의하여 끊임없이 마음속에 깊이 새겨 명석하게 되도록 애써야 한다.

***부처님은 '인간이 누리는 최고의 행복은 오로지 사랑과 인격뿐'이며 '사랑과 인격 그리고 사람의 마음에 선심이 가득하면 암이 들어갈 여지가 없다.'고 말했지. 고난은 사람을 강하게 하지만 환락은 사람을 약하게 만들 뿐이란다. 해 없는 환희란 용감한 고난 사이에 깃드는 환희로서 고난은 모두가 그 자체에 필요한 만큼의 환희를 지니고 있음을 명심하렴.

행복과 명예는 여성과 같은 것이야. 여성은 자기를 찾는 사람을 찾지 않고 오히려 다소간 무관심한 쪽을 찾곤 하지. 굳세게 몸으로 선을 실현하는 자기 되어야 한다. 신에게 겸허하게, 인간에 대해서는 굳세게 마주쳐야 한다. 그러나 무정한 이 세상에 대해서는 너무 다정하게 굴어서도 안 돼.

마음이 굳세고 정직하면 보상의 때가 저절로 찾아오게 마련이고 때로는 그것이 뜻밖에도 풍성함을 지니고 오는 경우까지 있단다.

행복은 바로 이 세상에 있으나 우리는 그것을 모를 뿐이다. 아니 '알고는 있지만 그것을 존중할 줄 모른다.'고 괴테가 말했지. 책임과 의무로서 이루어진 결혼은 불행할 수밖에 없어. 오직 믿음과 사랑으로 교합해야 한다.

사랑의 씨를 어떻게 뿌리는가 하는 방법은 매일매일 조금씩 깨달아가는 것이 좋아. 일단 그 결심만 하게 되면, 그리고 모든 힘을 독점하는 생의 향락만을 요구하는 생각을 중요시 하지 않게 되면, 그때에는 사랑의 씨를 뿌려갈 기회가 얼마든지 나타날 것이야.

***먼저 '말'에는 언제나 선의와 성실이 당연히 따르는 것으로 여겨라. 그러면 너희는 행복의 문으로 들어선 셈이다. 행복이란 주관적이며 자기 자신속에 숨어 있는 것임에 틀림없다. 따라서 물질 외적인 일이 찰나의 행복을 불러일으킬 수 있다는 것은 사실이란다.

진실을 있는 그대로 과장 없이 말하렴. 그렇게 할 수 없을 때에는 차라리 침묵하는 게 낫다. 우리들은 올바름을 배우지 않으면 안 된다. 남들을 비판만 하지 말고 같이 살아가도록 한 번 애써보는 게 좋은 태도이지. 만나는 사람마다 자연스런 그 기회에 따라서 좋은 일을 바라고, 말하고, 행하도록 애써보렴. 참으로 놀라운 변화가 있을 것이니.

올바르고 성실하고 그리고 솔직한 사랑은 형제나 친척, 그리고 어떠한 모든 관계에서도 가장 좋은 끈이란다. 그러나 이것은 의무에서가 아니고 자유의지에서 기인되어야 하며 단순 감정이 아닌 이성을 가지고 다루어져야 함을 잊지 말아라. 결혼의 모든 성질 중에서 질투는 가장 추한 것이며 허영심은 가장 위험한 존재라는 것도.

인생은 끊임없는 전진이어야 한단다. 이미 있었던 것의 단순한 반복이어서는 안 된다는 말이야. 최후의 날까지 하루하루를 하나의 작품이 되게 하여야 하며 굳건한 마음을 얻도록 애써라.

—사랑하는 아빠가

저항 없는 삶은 봄이 없는 계절과도 같은 것이오, 정의 없는 저항은 황량하고 메
마른 사막의 봄과 같으니, 삶과 저항, 그리고 정의는 불변의 삼위일체이다.

행복은 모든 의식의 열쇠

진리에 대한 사랑과 정의에 대한 용기,
그것이 모름지기 진실 된 교육의 기둥이다.

행복은 진실로 우리들의 모든 의식의 열쇠이다.

인간의 본성은 본디 결코 향락만을 즐기도록 되어 있는 것은 아니다. 오히려 항상 일을 하도록 되어 있다. 향락은 설사 그것이 최고이고 가장 좋은 것이라고 하더라도 일을 할 때에 틈틈이 조금씩 쓸 만한 약과 같은 것이고 기분전환 정도가 알맞은 것이지, 그것을 지나치게 쓴 사람은 결국 자기 자신을 기만해서 혼이 나고 만다.

자신의 소망을 그 상상력에 의해서가 아니라 자신의 능력에 맞추어서 조정하는 법을 인간은 나중에 가서는 저절로 경험에 의해 비로소 배우게 된다.

*** '언제나 자신의 의무에 충실한 사람의 부끄럽지 않은 양심은 부드러운 휴식을 취할 수 있는 베개와 같은 것.' 이라는 속담이 있다. 인간이 행복 하고 싶다면

한 주일에 엿새 동안은 일을 하지 않으면 안 된다. 또 자기의 이마에 땀을 흘리면서 빵을 먹지 않으면 안 된다. 이 성공의 두 가지 전재를 피하는 자는 행복을 추구하는 인간 중에서 가장 어리석은 자이다. 일을 하지 않고는 실제에 있어서 이 세상에서의 행복을 잡을 수 없다. 참다운 선은 먼저 작은 일에서부터 시작된다. 어떠한 선도 처음부터 웃는 표정으로 나타나는 것이 아니다. 올바른 길을 걷는 사람이 걸어가야 할 길은 모두가 이미 열려 있는 문을 통해서만 통하는 것이다.

인간이 서로 고난을 겪으면서도 신의를 잃지 않는다면 어떤 장애에도 굴하지 않는 보배를 얻었다고 하겠다. 그 보배는 곧 진실 된 우정이다.

고통에 대한 정신적인 싸움은 도리어 인간을 강건하게 만들어 주며 정신적으로, 아니 육체적으로도 건강하게 해준다. 당신이 좋아하든 싫어하든 당신은 그렇게 하지 않으면 안 된다는 것을 자기 자신에게 일러줄 수 있다는 것이 참다운 생활에 진실로 필요하다.

진리에 대한 사랑과 정의에 대한 용기, 그것이 모름지기 진실 된 교육의 기둥이다. 그것이 없다면 교육은 아무런 쓸모가 없다. 행복을 얻기 위해서는 인간의 성질 중에서도 용기가 가장 중요한 것임을 가슴에 새겨두자.

행복이란 신과 함께 있는 것이다. 그 영역에 도달할 수 있는 힘은 영혼의 소리인 용기이다. 이 세상에는 그 이상의 행복은 없다. 진정한 행복은 또한 우리들이 끊임없이 자기의 능력이 미치는 대로 항상 자신을 격려할 때 얻어지는 것이지 강제로 요구하는 것에서 얻어질 수가 없다.

사랑하는 이여
그대의 생각과 염원 등을 나에게 말해다오
그대 마음속의 모래와 바람의 이야기를 들려다오

***사막에서 찾아낸 물줄기는 보배롭다.

아주 먼 곳에서도 그 샘터에 물을 구하러 오며 대상들도 길을 돌아 샘터를 찾아와서는 새 맑은 물을 가죽 부대에 채우고 다시 먼 길을 떠난다.

만약 당신들이 올바른 길을 가지 못하고 그 때문에 마음의 평화와 만족을 얻을 수 없다면, 당신들은 스스로

의 운명을 핑계 삼아 세상을 허무하다고 한탄하게 될
것이다. 자기가 불행하다고 해서 남을 책망한다는 것은
교양이 없는 자가 취하는 태동이고, 자기 자신을 책망
하는 것은 미숙한 사람이 취하는 방식이며, 자기 자신
도 타인도 책망하지 않는 것은 교양이 있는 사람, 그리
고 멋이 있는 사람, 완전한 교육을 받은 사람이 취하는
자세이다.

 마음을 닫은 이들,
 마음을 열고 사랑을 담은 이들에게
 사랑을 열어야 한다고 하는,
 마음 안의 거문고 줄을 흔드는 깨우침이
 백설에 묻어 내리는 것인가
 진실로 아픈 이들의 영혼을 깨우침이
 백설에 묻어 내리는 것인가

 진정한 치유란 바다처럼 넘치는 화평일 것이니, 탄원
의 강줄기들이 만나는 환한 바다, 광명으로 출렁이는
평화일 것이니, 자유와 평화 또 감사를, 다시금 일하게

될 힘을 주실 것을 거듭거듭 청해본다.

아름다운 사람을 만났을 때 당신은 그것에 대항할 수 있는 힘으로서의 자제력을 자신에게서 발견하게 되리라. 곤란한 일에 부닥치면 끈기를, 모욕을 당했을 때는 인내력을 발휘하라. 그렇게 자신을 단련시킨다면 상념에 의해 마음이 산란하게 되는 일은 없으리라. 모든 잘못된 생각은 과감히 없애 버려라.

만일 당신이 충분한 지혜가 발전되기를 원한다면 남들이 당신을 외면적인 일 때문에 사물을 분간할 수 없는 어리석은 자라고 생각하는 것을 끝까지 참고 견디지 않으면 안 된다. 누구나가 당신을 박식하다고 생각해주기를 바라지는 말라. 설사 타인이 당신을 대단한 인물이라고 생각하더라도 당신은 그것을 믿지 말아라.

만물의 창조주라고 일컫는 존재는 자기가 갖고 싶은 것을 얻을 수 있고 자기가 겪고 싶지 않은 것을 피할 수 있는 자를 말한다. 누구나 자유를 얻고 싶은 자는 타인의 영향력 안에 있는 것을 탐해서는 안 되며 또 겁을 내서도 안 된다.

***친구여, 우리는 일해야 한다. 물론 배우는 일, 사랑

하는 일이 모두 활동하는 성질에 포함된다. 청결하게
영혼의 질서를 손보고 우정과 단합을 정립해야 한다.
떠나간 자 돌아오게 하고 돌아오는 자 따뜻하게 맞이해
야 한다.

 삶의 날, 그리하여 죽음의 날에까지 그대의 생애가 값
지고 보람되기를 축원하며 그 후의 무궁한 세월에서도
아름답게 추모되는 그대이기를 다시 한 번 축원하는 바
이다.

 눈 오는 날엔 눈발에 석여
 바람 부는 날엔 바람결에 실려
 땅 끝까지 돌아서 오는 영혼의 밤
 외출도 후련히 털어놓게 해다오

 사랑은 건강한 도덕이며 축복받은 능력이다. 언제나
자기 자신에만 집착한다거나 자기만의 일을 생각하는
것을 없애 버린 뒤에야 비로소 인간은 정신의 자유를
얻게 되며, 자신의 정신적인 능력속에 있는 여러 가지
힘을 사용할 수 있게 된다.

젊은이에게 부치다

*인간은 보다 훌륭한, 보다 가치 있는, 보다 흔적이 뚜렷한,
보다 오래 남을 수 있는 자신의 역사, 그것을 만들어가고 살아야 하는 것이다.

아
름
답
다
고
느
낄
때
나
는

※

Ⅱ
223

젊은이에게.

항상 신선한 꿈을 심어주고 부지런히 일하는 근로정신을 심어주고 항상 자기 자신을 끊임없이 만들어 가는 역사의식을 심어주고 그 의욕과 용기, 그 기쁨을 심어주어야 한다.

지식이나 학문도 필요하지만 인생을 크게 이끌어갈 이 순수한 감동과 감격을 심어주어야 한다.

건전하고 든든한 나라, 화목한 겨레, 번영하는 국가, 그 속에서 자신의 뜻을 높이 세워 큰 꿈으로 발전시키기 위해 노력하는 사람, 또 항상 새롭게 기쁨을 가지고 노력하는 사람, 이것은 배움을 가르치는 사람이나 배움을 익히는 사람이나 다 같이 뜻하고 보람 있고 즐거운 인생이 아닌가.

인간은 누구나 매일매일 자신의 역사를 살아가는 것이다. 보다 훌륭한 그리고 보다 가치 있는, 보다 흔적이 뚜렷하고 보다 오래 남을 수 있는 자신의 역사, 그것을 만들어 가고 살아야 하는 것이다.

인생에 있어서 인간은 누구나 성공하고 싶어 한다. 풍요로운 인생을 살고 싶어 한다. 보람된 흔적, 그 역사를 남기고자 한다. 그리고 그것으로 인하여 오래오래 빛나는 역사를 살고 싶어 한다.

젊은 날! 청소년! 얼마나 아름다운 꿈과 피와 눈물의 계절인가. 한 번 지나가면 돌아오지 않는 것이 인간의 계절이다. 이러한 계절에 놀아서도 안 되고 게을리 해서도 안 된다. 그냥 흘려보내서는 더더욱 안 된다. 매일매일을 착실하고 꾸준하게 계속적으로 인내하면서 노력해야 한다.

안다는 것의 진정한 의미

아무 것도 알지 못하면서 알고 있다고 생각해서는 안 된다.

⚬

고대 그리스의 철학가 소크라테스는 BC 470~BC 399년경, 아테네의 교외에서 태어났다. 그의 아버지는 조각가였고 어머니는 조산부였다고 한다.

그는 청년시절에 자주 중장重裝 병사로서 전쟁에 참가했는데, 퍽 용감했던 듯하다. 델리온 전쟁이 끝났을 때 그의 동료 중 한 사람은 '모든 사람들이 소크라테스처럼 싸웠다면 절대로 패하지는 않았을 것이다.' 라고 회상할 정도였으니 말이다.

소크라테스는 소년시절부터 예리한 종교적 감각의 소유자였는데, 카레이폰이라는 한 남자가 델포이의 아폴론 신전에서 '소크라테스보다 뛰어난 현자는 없다.' 는 신탁神託을 받았다고 소크라테스에게 말했다.

처음에는 망설였던 소크라테스도 오랜 생각 끝에 스스

로 현자賢者라고 생각하는 사람과 지자知者라고 소문이
자자한 인물을 찾아다니며 진짜 지자란 어떤 사람인가
를 알고자 했다. 그 결과 소크라테스는 자기 쪽이 그들
보다 현명하다는 것을 알게 되었다. 그들은 알지 못하
는 것을 알고 있다고 믿지만, 자신은 아무것도 알지 못
해도 알지 못하는 것을 알고 있다고 생각하지 않는다는
점에서, 그들보다 현명하다고 생각한 것이다.

'무지無知의 지知'를 깨달은 소크라테스는 그 뒤로 가
두에 서서 사람들과의 대화를 시도해, 자신의 무지를
자각하는 것으로 진정한 지를 탐구하라고 가르쳤다.

그에 관해서는 여러 가지 에피소드가 있는데, 그 중 한
가지를 말하고자 한다.

소크라테스가 집을 지었을 때, 어떤 사람이 물었다.

"어째서 이런 작은 집을 세운 거지요?"

소크라테스가 대답했다.

"별다른 이유가 있는 것은 아니지만, 적어도 이 정도
의 집에 가득할 만한 훌륭한 친구를 갖고 싶어서입니
다."

소크라테스에게 있어서 집이라는 재산 같은 것은, 친

구라는 재산에 비하면 훨씬 작은 것이었다고 할 수 있으며, 만족함을 아는 것은 하늘이 만인에게 동등하게 준 재산인 것이다.

자기만의 개성 있는 작업 스타일을 찾아
나서기 시작했을 때 우리는 각자 독특한
발견을 할 수 있다 .

The quickest way to receive
love is to give

CHAPTER 5

우리 나누는
사랑에는

하나의 세계를 한 사람이 아닌 두 사람이 함께
계획하고 협력하겠다는 서약이 결혼이다.
결혼은 생애의 영욕을 공유하며
동일한 조상과 후손들 사이에 놓인 좌석 하나를
두 사람이 공유하는 것이다.

스스로에게, 오늘 나는 어떻게 돈을 만들 것인가라는 질문을 던져 보라. 돈을 만들기 위해 그대가 내뿜는 에너지는 실로 엄청난 것이다.

집중을 하면 자석처럼 돈을 끌어 모을 수 있지만, 만약 욕심만 부린다면 정반대의 결과가 나타날 것이다.

사랑에는 문이나 빗장이 없다
*사람은 화해를 필요로 한다. 화해하고 화친하면서
마음의 따스함을 먹고 살아야 한다.

용서하고 용서받음으로써 서로를 다시 얻게 됨은 얼마
나 좋은 일인가.

쇼펜하우어는 사람 하나가 사라질 때마다 '하나의 세
계가 멸하여 간다.'고 하였으며 그 세계란 '그 사람의
머릿속에 간직되어 있던 것.'이라고 했다.

하나의 세계를 한 사람이 아닌 두 사람이 함께 계획하
고 협력하겠다는 서약이 바로 결혼이다. 생애의 영욕을
공유하며 동일한 조상과 후손들 사이에 놓여 진 좌석
하나를 두 사람이 공유하는 것이다. 신이 한 이름을 부
를 때 둘이서 함께 대답하는 것이다.

릴케는 '보다 위대한 사랑은 생명을 주기 전에 사랑하
는 자의 운명을 받아들인다. 또 사랑받는 일은 불타오

름에 불과하나 사랑한다는 것은 마르지 않는 기름으로 빛남을 이른다. 그러므로 사랑받음은 사라져 버리지만 사랑함은 길이 지속된다.'고 말했다.

　***결혼이 원하는 사랑은 지혜롭고 인내에 익숙하며 가능한 생산적이어야 한다. 꿈꾸기보다 실현하며 여러 사람을 함께 고려하는 포용과 관대가 우선해야 하며 지치지 않고 일상의 충실을 대령하며 조화에 힘써야 한다. 또한 탐욕과 이기심을 누르고 더 많이 사랑해 주어야 한다.

　결혼이 원하는 사랑은 지속적인 사랑이다. 또한 섬세하고 민감한 사랑이며 용서하고 치유하는 사랑, 함께 기도하는 사랑, 언제나 지켜주고 보완해 주는 사랑이다. 그런데 어디서 이런 걸 배우며 누가 우리의 스승이란 말이냐. 그것은 자기의 두레박으로 각자의 의무를 길어 올리는 것같이 자기의 삶에서 스스로 깨우쳐 나가야 한다.

　본디 예속적인 것을 자유스러운 것이라고 생각하고 타인의 것을 자기 것으로 생각한다면 장애를 받게 되고 비통과 불안속에 빠져 마침내 신을 원망하고 사람에게

욕설을 퍼붓게 될 것임을 잊지 말라.

 반대로 당신이 참으로 자기 소유의 것만을 자기 것이라고 생각하며 타인의 것은 그의 것이라고 인정한다면 어느 누구도 당신에게 강압적으로 나온다든지 방해를 하지 않으리라. 당신은 아무도 원망하지 않을 것이고 비난하지도 않을 것이며 또 어떤 사소한 것도 자기 의사에 반대되는 짓을 할 필요가 없으리라.

 ***희망이라는 것은 내가 갖고 싶은 것을 얻도록 약속하며 혐오는 내가 싫어하는 것과 부딪치지 않기를 바란다. 그리고 욕망에 기만당한 사람은 불행하지만 자기가 참기 어려운 것에 부딪친 사람은 훨씬 더 불행하다는 것을 깨달으라. 무슨 일을 해보려고 마음먹었을 때는 우선 그것이 어떤 종류의 일인지를 정확하게 생각해 보라.

 ***죽음이란 두려운 것이라고 하는 선입견적인 생각이 오히려 두려운 것이다. 어떠한 일 때문에 방해를 받고 불안감을 느낀다든지 혹은 고민거리가 생겼을 때도 결코 남을 탓해서는 안 된다. 오히려 책망할 대상은 당

신들 자신과 그 일에 관한 당신들의 생각이다.

자기 안의 보석을 볼 줄 알아야 천하의 보배로운 것들을 알아볼 수 있다. 자기 안에서 샘솟고 솟아나는 것부터 놓치지 말자.

풍요와 아름다움이 정점을 짚어 보이고 있다.

여성은 먹이는 행위에 꿈을 거는 존재이며 보다 풍족하게 먹여줌으로서만 그 자신도 배부름을 맛본다. 여성의 본질이 모성인 까닭에 그녀에게 있어 사랑하는 사람의 충족을 보는 일이 최고의 행복인 것이다.

***사람은 화해를 필요로 한다. 화해하고 화친하면서 마음의 따스함을 먹고 살아야 한다.

사랑하는 사이일수록 예의를 지키며 안정되고 섬세한 마음 씀씀이로 대해야 한다. 겸허하게 공감을 예비하며 저편의 진실을 신뢰하고 존중하는 입장을 취해야 한다.

사랑에는 문이나 빗장이 없다. 그것은 모든 것의 내부를 관통하여 나아간다고 한다. 사랑하려면 필요한 것과 유익한 것을 보장해 주면서 장점을 찾아주고 관계의 성숙을 도모해야 한다.

***신을 위하여 아름다운 세상을. 보이지 않고 깊고

높은 것, 그 확신을 위하여, 아름다운 세상을 만들어야
한다. 생명 있는 모든 것을 품속에 안아주는 자연을 위
하여, 죽은 후에도 영원히 안고 있는 대지를 위하여 아
름다운 세상을 만들어야 한다.

　도스토예프스키는 '사람은 고통을 통해서 자기속에
인간이 탄생되도록 해야 한다.'고 말했으며 쇼펜하우어
는 '인생 최초의 40년은 나에게 텍스트를 준다. 그 후
30년은 텍스트에 대한 주석을 부여해 준다.'고 말했다.

고독하다는 것은 소망이 남아 있다는 증거

*아, 고독하다는 건 아직도 나에게 소망이 남아 있다는 거요. 소망이 있다는 건
아직도 나에게 삶이 남아 있다는 거요. 삶이 남아 있다는 건 아직도 나에게
그리움이 남아 있다는 거요. 그리움이 남아 있다는 건 보이지 않는 곳에
아직도 널 가지고 있다는 것이다.

고독은 인생을 깊이 보게 하는 영혼의 자리다.

매사에 보다 많은 관심을 기울여야 한다. 관심이 있는
곳에 생각이 있고 생각이 있는 곳에 집중이 있고 집중
이 있는 곳에 연구가 있다. 그리고 생산적인 취미를 갖
자. 운동이고 그림이고 서예고 음악이고 문학이고 간에
적성에 맞는 하나를 택하여 전문가 이상으로 그것을 연
마하는 깊은 마음과 애정으로 살아가자.

***영혼과 정신을 향해 인간을 개척해 나갈 수 있는
힘을 주는 그 맑고 강한 사랑으로 살아가자. 보다 야성
의 지성을, 보다 파괴의 질서를, 보다 무례의 예절을,
보다 단절의 사랑을, 그리하여 보다 긍정의 가치를 창
조하는 것이다.

우리는 가난하지도 않고 더럽지도 않으며 못생기지도

않고 약하지도 않다. 그렇다고 뒤떨어져 있는 것도 아니다. 우리는 바로 이곳에서 다시 출발을 해야 한다. 다시 출발해서 우리의 엄연한 자존심, 온민족이 이 재산을 길러야 한다. 그리하여 욕되지 않는 떳떳한 우리를 확립하여 우리 후배들에게 우리들이 받았던 그 민족의 그늘을 다시는 주지 않도록 해야 한다.

 무리를 잃은 사람들은 외로움을 안다. 그러나 이 무리를 잃은 외로운 사람들이 서로의 외로움을 서로 감지할 땐 이 외로움은 이미 외로움이 아니다. 언젠가 떠나가는 것이다.

 이렇게 저렇게 생각을 해보아도
 어린 시절의 마당보다 좁은
 이 세상 인간의 자리,
 부질없는 자리,
 가리울 곳 없는 회오리 들판.

 아, 고독하다는 건 아직도 나에게 소망이 남아 있다는 것이요, 소망이 있다는 건 아직도 나에게 삶이 남아 있다는 것이요, 삶이 남아 있다는 건 아직도 나에게 그리움이 남아 있다는 것이요, 그리움이 남아 있다는 건 보이지 않는 곳에 아직도 널 가지고 있다는 것이다.

　길을 가는 사람이 있고 오는 사람이 있듯, 그리운 것이 있을 성싶어 있듯, 설사 그리운 것이 없더라도 그저 멀리 가고 싶은 마음이 들어 있듯, 나는 일생동안 그 길을 살아왔다. 어디든 가는 것이며 어디까지 가는 것인가. 그리고 나는 어디까지 갈 수 있는 목숨인가.

　길을 보면 설레는 마음, 어제나 오늘이나 해 저문 지금이나 머지않아 어둠이 내린다 해도, 비록 내일 이 세상을 떠난다 해도 한 점의 후회도 없다. 그저 자기 자신에게 성실히 살았다는 고마운 충실감뿐이다. 완전히 익어서 떨어지는 가을의 과일과 그 낙엽처럼.

사랑이 후회스러울 때도 있고 아픔이던 때도 있다. 그러나 사랑만이 인간에게 삶의 원인이 되게 해준 것은 사실이다. '꿈이 없는 안정보다 꿈이 있는 패배를 당신은 사랑하는가?

얼굴을 마주보며 나누는 대화

＊만나서 직접 담판 짓는 것이, 좋지 못한 감정을 일소하는 데에 최상의 방법이다.

에이브러햄 링컨은 켄터키 주에서 태어나 인디에나 주를 거쳐, 일리노이 주로 이주했다. 이 개척지에서 체험한 민주주의가 링컨의 사상과 행동을 일관하는 기둥이 되었다.

그는 인도적 입장에서 일찍부터 노예제도에 반대하고 있었는데, 즉시 전면적으로 폐지하자는 데에는 반론을 내세우며 노예의 해방은 점진적으로, 그나마 보상에 의해 행해져야 한다는 온전한 주장을 하고 있었다.

1861년 제16대 대통령으로 선출되고서도 그의 이 주장은 변하지 않아, 급진적 노예제 폐지론자들을 누르고, 점진적인 노예해방의 실현에 힘썼다.

'만나서 직접 담판을 짓는 것이, 좋지 못한 감정을 일소하는 데에 최상의 방법이다.'

이 말은 노예제도를 둘러싼 대립에서 생긴 남북전쟁이 한창일 때, 급진적인 노예제도 폐지론자들이 남부 사람들에게 비난을 퍼부은데 대한 말이다. 그는 또 '그들을 비난해서는 안 된다. 그들의 입장에서라면 우리도 같은 짓을 했을 것이다.' 라고도 말했다.

그리고 직접 만나서 이야기를 하는 것이 서로의 좋지 못한 감정을 일소하는 가장 좋은 방법이라고 했다.

전쟁은 북군의 승리로 끝났지만 링컨은 남부의 모든 주가 미합중국 연방에 복귀할 때도 관용의 입장을 취하고, 두 번째 대통령 취임 연설에서도 '어떤 사람에 대해서도 악의를 품고 있지 않다.' 고 말했다.

***우리는 적대하는 상대, 또는 그 정도까지는 가지 않더라도 어색한 상대에 대해서는 가능한한 피하고 싶어하고 되도록 만나는 일이 없도록 하는 것에 익숙하다. 그 결과 서로의 사이에 어색한 감정이 생기고 자칫하면 증오로 증폭되어 버리기도 한다.

링컨의 명언은 그것을 훈계한 것이다. 어색한 감정이 있어도 만나서 서로 이야기를 나누면 설령 그 자리에서는 문제가 풀리지 않더라도 그 이상 좋지 못한 방향으로 나아가는 것을 막을지도 모른다. 이것은 공과사에 있어서의 인간관계에 매우 중요한 일이다.

시간은 재산

언제부터인가 남이 자기를 불리하게 규정짓기 전에 자기가 먼저 남을 규정짓는 게 불이익을 안 당하는 최선의 방법이었고, 한 번 불리하게 규정지어지면 덫에 걸린 것과 마찬가지였으며, 그러는 사이에 제 나름의 생각이나 방식은 없어지고 어떤 유형에 얹혀서 헐값으로 끝없이 넘기고 넘어갔다.

우리 모두가 하나를 보면 열을 하는 신동이 되어 남의 한 마디 말이나 한 가지 행동으로 그를 어떤 유형으로 몰아붙여야 되는지를 즉각적으로 판단하려 들었다. 도대체 언제쯤이면 쫓고 쫓기고 밀고 밀리는, 시작도 끝도 없는 헛되고 헛된 힘의 낭비에서 벗어날 수 있을 것인가.

중간이 떳떳하게 설 자리가 없다는 게 곧 사람 사는 어

려움이 되어 유난히 무겁게 짓누르는 것 같은 시대이
다. 어딘가에 중간 자리가 바늘 끝만큼이라도 남아 있
다면 그 옹색하고 뼈아픈 자리에 감히 설 용기 있는 사
람도 있으리라.

　어디로도 몰리지 않고 그 자리에 서 있을 수 있는 사람
이 보고 싶다.

　***넓고 넓은, 무한한, 세상 끝이 없는 대망의 인간세
계, 끝이 있는 건 인간의 목숨뿐이다.

　오, 겨레여, 손을 잡자. 따뜻한 사랑의 손으로 이어가
자. 이 짧은 인간의 수명 다하여 서로 웃는 세상을 살아
가자.

　올해는 하늘을 비상하는 준마처럼 또한 천마처럼 보다
슬기롭고 보다 부지런하게, 보다 지혜롭고 보다 멋있
게, 그리고 보다 힘차게 서로서로 온힘 다하여 비약을
하자.

　생각하는 인간은 누구나 두 개의 고행을 가지고 있다.
하나는 자연의 고향이고 또 하나는 영혼의 고향이다.
자연의 고향은 이 지구상의 지역적인 고향, 곧 그곳으

로 가려는 종교적인 고향이다.

　인간은 어느 한도까지 살다가 죽는다. 이 세상에서 저
세상으로 다시 이사를 가야 한다는 말이다. 각자 각자
에게 배정된 시간을 살다가 떠나는 것이 인간이다.
　우리 인간은 보다 정확하게, 보다 질서 있게, 보다 설
계 있게, 보다 보람차게, 보다 만족하게, 보다 편안하게
살기 위해서 보다 정확하고 보다 견고한 시계를 가져야
한다. 스스로가 스스로에 대한 보다 강력한 신용으로
살아가야 한다.
　시간 같이 아까운 재산은 없다. 돈은 있다가도 없고,
없다가도 있지만 시간은 한 번 가면 그뿐 다시 돌아오
지 않는다. 아무리 돈 많은 재벌도 청춘을, 지나간 세월
을 돈으로 사지는 못한다. 1분 1초라도 내 것으로 이용
하는 것, 이것만이 시간을 내것으로 만들어 가는 방법
이다.

　자기 자신에게 충실하고 자기대로 만족스럽게 살아가
야 한다. 시간속에 살고 있는 동안이 그 사람의 인생이

다. 이 인생을 허무하게 살지 않기 위해서 부단히 노력을 하며 자기 흔적을 연마하는 것이다.

흔적이 없는 인생처럼 허망한 것이 있으랴.

1분 1초라도 자기 흔적이 될 수 있게 써야 한다. 흔적이 있는 인생, 업적이 있는 인생을 갖기 위해 자기의 삶을 정성껏 살자.

여성은 가장 여성다울 때에 완전하다

* 시대의 흐름에 따라 기준의 변화가 다르기 때문에
흐름에 따라가는 여성의 아름다움도 같이 변한다.

'여성은 가장 여성다울 때에 완전하다.'

이것은 19세기 말 영국의 수상을 지내고 자유주의 무역의 길을 연 정치가 글래드스턴이 한 말이다.

남성이 가장 멋진 것은 남자다운 태도를 보일 때이며, 여성도 여성다울 때야말로 완전한 모습을 보인다.

'남자는 남자답게 여자는 여자답게.'라는 것이 이 말의 진의일 것이다.

그러나 '남자답게, 여자답게.'라고 말로 뱉기는 쉽지만, 간단한 것 같아도 이것은 의외로 어려운 일이다. 그것은 시대에 따라 무엇이 남자다운가, 무엇이 여자다운가의 기준이 조금씩 변화하기 때문이다.

감동이 너무 지나치면 경박스럽고 너무 둔해도 또한 무지해 보인다.

그러나 감동이란 어떤 대상 앞에 받는 충격적 즐거움을 표현하는 관심과 애성

이므로 경박스럽다는 것은 지나친 견제의 도덕이라고 말할 수도 있을 것이다.

용서하는 마음

* 구세받는다는 것은 용서를 받는다는 것으로 시작되는 것이다.
용서하는 마음은 상대를 이해하는 마음이고 감싸주는 마음이다.

서로가 서로를 무시하고 서로가 서로의 가치를 인정하지 않으며 서로가 서로를 망가뜨리며 살고들 있는 것은 아닌지 생각해 보자. 자기 방어를 하면서 마음속 깊이 불신의 열쇠를 소지하고 있는 건 아닌지 그 불행을 고독으로 느끼면서 어쩔 수 없이 혼자 살고 있는지 말이다. 이것은 정신적인 가치 세계가 완전히 망가졌기 때문이 아닌가. 권력과 금력, 그 물질과 조직이 온 세계를 휩쓸고 있기 때문이 아니겠는가.

이렇게 불행한 생각속에서 보이지 않는 저항으로 그 불신의 열쇠를 소지한 채 어떨 수 없이 생활하고 있는 것 같다.

아는 것도 항상 완전히 모른다는 겸허함을 가져야만 공부가 잘 될 것이다. 또한 그런 공부는 항상 즐거운 마음을 가지지 않으면 지긋지긋한 것이 되기 쉽고, 그것은 다시 졸업이 모든 공부에서 완전히 해방되는 계기라는 착각에 사로잡히게 하는 것이다.

사람이 산다는 것은 '졸업'이 또 하나의 '입학'과 전통적 질서를 같이하고 있는 것인지도 모른다. 누구나 감정대로 움직이고 그것을 제어할 능력이 없다면 우리가 무슨 재주로 구제의 길로 이를 수 있겠는가. 구제받는다는 것은 용서를 받는다는 것으로 시작되는 것이며, 용서하는 마음은 상대를 이해하는 마음이고 감싸주는 마음이다.

희망이 있는 싸움, 믿음이 있는 싸움은 행복하다. 참답게 산다는 것, 참답게 싸운다는 것, 생명과 양심과 믿음, 또한 자유와 진실을 이야기할 때 희망을 가진 싸움은 행복하다.

빛이 보이는 싸움, 새벽을 믿는 싸움은 모두 행복하다. 인간은 절박한 고난속에 빠졌을 때 신의 이름을 부른다. 어둠이 짙어질수록 하찮은 성냥개비 하나의 존재가 생명이 되어 다가온다.

***사랑은 겨울을 이기고 봄을 기다릴 줄 안다.

기다려 다시 오는 사랑은 불모의 땅을 파헤쳐 제 뼈를 갈아 재를 뿌리고 천년을 두고 오는 봄의 언덕에 한 그루 나무를 심을 줄 안다. 사랑은 가을걷이를 끝낸 들녘에 서서 하나를 둘로 쪼개 나눠 가질 줄 안다.

　너와 나와 우리가 한 별을 우러러보다가,
　위로받고 싶은 사람에게서 위로받지 못하고
　돌아서는 사람들의 두 눈에
　북한강이 흐르고 있음을 알았다.

　서로 등을 기대고 싶은 사람에게서
　등을 기대지 못하고 돌아서는 사람들의
　두 눈에서도 북한강이 흐르고 있다는 것을 알았다.
　건너지 못할 강 하나를 사이에 두고
　미루나무 잎새처럼 안타까이 손 흔드는
　사람들의 두 눈에서도
　북한강이 흐르고 있다는 것을 알았다.

인간은 자기 자신을 알아야 한다

*인간은 자기 자신을 알아야 한다. 그것이 설사 진리를 발견하는데 도움이
되지 않는다 하더라도 최소한 자기 생활의 질서를 잡는데 큰 역할을 하게 된다.
이것보다 더 훌륭한 일은 없다.

학문의 세계는 우주보다 넓다. 그것은 가히 끝이 없으며 우리는 그 넓은 세계의 한 부분을 겨우 섭렵할 수 있을 뿐이다. 그 세계의 깊고 넓은 부분이 우리 인간에게 더없이 큰 매력을 안겨주고 있으며 기쁨과 보람의 원천이 되어주고 있다. 그래서 학문의 세계에서 행복을 발견한 사람은 무슨 일이 있어도 그 세계에서 떠나려 하지 않는 법이다.

그보다 진정한 행복을 다른 곳에서는 발견하기 어렵기 때문이다. 그는 마치 창공을 마음껏 비상하는 새처럼 공상의 나래를 펴고 자기만의 소우주를 창조한다.

자연과학을 하는 학생들은 대학 시절에 사회과학과 인문과학 분야의 소양을 반드시 갖추어 둘 것을 권유하고 싶다. 그것은 자연과학을 전공하는 사람들은 세상사나

인간에 대한 이해가 부족해지는 경우가 많기 때문이다.

세계를 이해하는 데에는 자연과학적인 지식과 안목이 지극히 중요하다는 사실은 새삼 말할 필요도 없는 일이다. 그럼에도 불구하고 자연과학과 담을 쌓게 된다면 세계를 이해할 수 있는 중요한 방법과 척도 하나를 상실하게 되고 마는 것이다.

자기 적성에 맞는 학과를 선택하고 전심전력으로 공부하라.

역사는 무수한 시행착오를 거치면서 발전한다. 오늘의 상황은 진정한 민주국가로 가는 길목에서 겪는 전환기의 혼란이라 할 수 있다. 이러한 혼란속에서 구질서는 무너지고 보다 인간답게 살 수 있는 새 질서가 점차 자리잡아갈 것이다.

철학을 배우는 것은 마치 높은 산을 오르는 것과 같다. 험하고 가파른 바위 모퉁이를 휘돌아 나갈 때 갑자기 빛나는 전망이 발밑에 전개되곤 하는 것을 볼 때면 위안을 받기도 하고 용기를 북돋우게 되기도 하지만, 길은 갈수록 험준하게 되어 더 깊은 골짜기에 이르게 된다. 그러나 마침내 정상에 오르게 되면 그곳에서야말로 진정으로 자유로운 전망이 주어진다.

소크라테스는 반성된 삶을 살아가는 한 가지 방법으로 '나는 과연 누구인가?'라는 질문을 자기 자신에게 계속 던질 것을 권한다.

공자도 '나를 어찌 할까 하고 묻지 않는 사람은 나도 어찌 할 도리가 없다.'고 말한 바가 있다.

파스칼은 '인간은 자기 자신을 알아야 한다. 그것이 설사 진리를 발견하는데 도움이 되지 않는다 하더라도 최소한 자기 생활의 질서를 잡는데 큰 역할을 하게 된다. 이것보다 더 훌륭한 일은 없다.'고 말했다.

탈레스는 처음으로 철학적 질문을 던진 인물이다. 진정한 앎에 대한 탈레스의 정열은 바보스럽기도 하고 웃음을 머금게 하는 면도 있었다.

헤라클레이토스는 진정한 앎이란 불이라고 하였고, 아낙사고라스는 물과 공기와 흙이라 하였으며, 데모크리토스는 원자라 하고 아낙시만드로스는 무한자, 피타고라스는 수라 하였다.

멋진 리더십

'리더십이란 모범을 보이는 것이다.'

경영 위기에 빠진 크라이슬러사에 기적의 부활을 가져다 준 아이아코카는 이 말을 실천했다.

'나의 연봉은 1달러로 하겠다.'

그의 리더십은 이 선언에서 시작되었다. 크라이슬러사의 사원들에게 내핍耐乏 생활을 요구하기 위해 스스로 모범을 보인 것이다.

이 말에 이어 그는 '리더십을 취하는데 성공하면 부하는 모든 점에서 지도자를 본받으려고 한다.'고 했다.

사원들은 연봉 1달러 선언을 한 아이아코카의 재건 패기를 본받게 되었다. 이것으로 그는 노동조합과의 교섭에 있어서도 당당히 재건 안을 제시해 협력을 약속받을 수 있었던 것이다. 그리하여 사원 모두가 직면한 크라이슬러의 위기를 있는 그대로 이해하고 가능한 희생을 치르며 참을 수 있게 되었다.

　한 사람의 새로운 지도자의 출현으로 종업원들은 크게 달라졌다. 노사가 하나가 되어 고난을 같이 하며 하루라도 빨리 적자의 수렁에서 벗어나려고 분기했던 것이다. 상사와 부하가 평등하게 고통을 나누어 가지고 단결하여 어려운 상황에 대처하게 되자 미국 국민 중에서도 호의적인 눈으로 지켜보며 지원해 주는 사람이 많아졌다. 무명의 사람들뿐만 아니라 유명한 예능인들까지도 '내가 할 수 있는 일이 있으면 돕게 해 달라.'고 응원을 해주었다.

　1978년 그가 사장에 취임한 이래 솔선수범하는 리더십의 효과가 전 사원에게 침투하여 일치단결을 낳았고, 크라이슬러사는 차츰 회복되어 갔다. 그리하여 1983년, 9억 2천 5백 달러나 되는 경영 이익을 올렸다.

복이란 주관적이며 자기 자신 속에 숨어 있는 것임에 틀림없다. 따라서 물
질 외적인 일이 수식간적인 행복을 불러일으킬 수 있다는 것은 사실이다.

무엇을 어떻게 생각하느냐

삶을 어떻게 살아가느냐 하는 것은 사람에 따라 모두
다르다. 하지만 무엇을 어떻게 생각하느냐에 따라서 삶
은 아름답게 될 수도 있고 추하게 될 수도, 선하게 될
수도 악하게 될 수도 있다. 그렇기 때문에 생각하지 않
고 아무렇게나 살아가는 삶은 항상 의식의 빈곤을 느낀
다. 의식의 풍요함이 곧 행복임을 감안할 때 논리적이
고 복잡한 것을 도피하여 안일한 것만을 추구한다면 삶
의 대부분인 꿈은 텅 비게 될 것이다.

사람과 사람의 만남에서 언제나 나를 축으로 하고 타
인을 만나게 되는 간접 원인. 이를테면 삶의 상황을 연
이라고 한다면 흔히 좋지 못한 인연을 악연, 하늘이 베
푼 좋은 만남을 연분, 뜻밖에 저절로 만나는 것은 우연,
부정하고 피해도 꼭 만나지는 것은 필연이라 한다.

그러나 우연도 필연도 분명한 인과 연이 우리의 운명 속에 내재되어 있는 것이다. 악에 악을 가하면 불행과 인간성의 파괴, 상실이 생겨날 뿐이다.

악은 악과 무리를 이루고 선은 선과 무리를 이룬다. 지상에는 많은 길이 통하고 있다. 하지만 그 길이 닿는 곳은 하나밖에 없다. 행복은 육체적으로나 정신적으로 욕구가 충족된 상태이며 무고통의 상태이다.

***행복은 스스로 창조하는 것이다. 씨를 뿌리고 가꾸어야만 삶의 열매가 맺어진다. 한발 한발 걷지 않고는 누구도 높은 산의 정상에 오르지 못한다. 우리의 삶을 영광스럽게 빛내기 위해서는 인고의 노력이 필요하다.

행복이나 성공은 인간이 공통적으로 열망하는 본능이며 이상이다. 행복은 삶의 가장 아름답고 만족한 상태이다. 또한 행복은 외형적인 조건에서가 아니라 내면적인 조건에서 얻어지는 것이다.

진실을 기만하지 않고 타인에게 손해를 끼치지 않으며 순리적으로 자기의 생활을 열심히 하는 가운데, 비록 작은 것이라 해도 성취하고 창조 · 발전하는 과정을 통해 인간은 진정 행복해지는 것이다. 즉 행복은 긍정적인 사고와 낙관의 토양에서 움트는 관념의 나무이다.

쾌락에는 창조도 발전도 없다. 행복이 심신의 욕구가 충족되어 부족함이 없는 상태인 것에 비해 쾌락은 감성의 충족을 목적으로 하기 때문에, 인간의 의식에 잠재적 욕구로 생성된다고 해도 쾌락은 행복의 유사형이 아니다.

행복한 삶은 참으로 아름다운 것이다. 남을 시기하는 자는 행복하지 못하다.

사랑하는 마음, 긍정적인 마음, 법과 윤리를 지키는 마음, 증오와 질투와 악함이 없는 마음속에 우리가 열망하는 행복이 살아 있다.

***고통과 슬픔과 고뇌로부터 무조건 도피하려는 의식을 갖지 말자. 아름다운 것을 위해서, 정당한 것을 위해서, 진실한 것을 위해서, 명예로운 것을 위해서, 또한 훌륭한 발자취를 남기기 위해서 인간은 고통과 슬픔과 고뇌와 절망의 굴레를 운명적으로 벗어 던지지 못하는 것이다.

이 세상의 아름답고 값진 모든 것은 극복의 위대한 창조품이라는 것을 부인하지 말자. 가장 밝은 이성으로 살았을 때 인간은 가장 행복한 것이다.

곤란한 일에 부닥치면 끈기를, 모욕을 당했을 때는 인내력을 발휘하라. 그
렇게 자신을 단련시킨다면 상념에 의해서 마음이 산란하게 되는 일은 없
으리라.

바로 안다는 것의 의미

*의심스러운 것을 묻는 것을 부끄러워하지 말라,
잘못이 바로잡히는 것도 부끄러워하지 말라.

에라스무스는 르네상스 시기의 대표적인 네덜란드의 인문주의자로『우신 예찬』이라는 저서가 알려져 있다. 이 책은 어리석은 인간에게 어리석은 여신이 열변을 토하는 형식으로, 당시 모든 의미에서 최고의 권위였던 로마 가톨릭 교회의 부패상과 타락상을 빈정거리며 통렬히 고발한 것이다.

'의심스러운 것을 묻는 것을 부끄러워하지 말라, 잘못이 바로잡히는 것도 부끄러워하지 말라.' 는 그의 말은 의심스럽다고 생각하는 것이 있으면 어떤 사소한 것이라도 남에게 물어야 한다는 의미이다. '바로 아는 것은 한때의 수치' 인데 실은 이것이 좀처럼 쉽지 않다.

＊＊＊체면이라는 허식이 순수해지는 것을 가로막으며

특히 권위라고 하는 것을 코끝에 내걸고 있을 때 더욱 그러하다. 과연 에라스무스다운 주장이다.

권위주의를 매도한 에라스무스는 젊어서부터 상당한 독설가였던 모양이다. 그에 관해 이런 일화가 있다.

젊은 에라스무스는 그 재능을 인정받아 당시 유럽에서 최고 수준으로 지목된 소르본 대학에 입학하여 학교 기숙사에서 생활했다. 그래서 "틀림없이 많은 학문을 습득했을 것 같군요?" 하고 물으면 에라스무스는 다음과 같이 말하곤 했다.

"뭐, 몸에 지닌 것이라고 하면 이뿐입니다."

나는 평생 화려한 보석들에 둘러싸여 살아왔어요
하지만 내가 정말 필요로 했던 건 그런 게 아니었어요

누 군 가 의 진 실 한 마 음 과 사 랑,
그 것 뿐 이 었 어 요

마음이 아름다운 사람은 행복하다

*마음이 아름다운 사람은 자연을 사랑하고 사람을 진심으로 사랑할 줄 안다.
욕망을 억제하지 못하면 마음이 아름다울 수가 없다.

●

자기 자신을 사랑하는 기분으로 남을 사랑할 수 있다
면 사람과 사람의 사이에 질투나 증오나 불신이 싹트지
않을 것이다. 사람의 마음과 마음이 이어졌을 때 친근
감이 생기고 신뢰가 생긴다.

그 누구도 아직 보지 못한 끈이 있어요
우리들의 마음과 마음을 이어주는 끈
나와 당신을 묶어주는 끈
그 끈의 길이를 짧게 하고파요
당신이 그 끈을 골랐으면 해요
꼭 당신이 자유로이
끈의 길이를 골랐으면 좋겠어요

와이즈의 『마음과 마음의 시』가 생각난다.

물질적인 빈곤은 육체에 고통을 주지만 영혼의 빈곤은 우리의 삶을 황막荒漠하게 만든다. 영혼의 풍요를 위해서 우리는 각자 지성적으로 깨어나야 한다.

마음이 아름다운 사람은 행복하다. 마음이 아름다운 사람은 자연을 사랑하고 사람을 진심으로 사랑할 줄 안다. 욕망을 억제하지 못하면 마음이 아름다울 수가 없다. 과열된 경쟁의식은 인간을 선으로부터 멀어지게 하고 쉽게 살려고 하는 의식이 부당한 행위를 하게 만드며 현실을 이성적으로 올바르게 판단하는 것과 정당한 방법으로 살아가려는 자세와 용서하고 이해하는 마음, 그런 것들이 우리를 아름답게 한다.

립스틱을 야하게 칠하고 화려한 색채의 의상으로 외관을 보기 좋게 꾸미는 아름다움보다는 마음속에 아름다운 감정을 갖는 것이 진정한 아름다움이다.

누가 보지 않아도 질서를 지키고 사회의 윤리를 지키는 것이 아름다움이다. 어른을 공경하고 상대의 인격을 존중해 주는 것이 아름다움이다.

인간은 누구나 과거를 가진다. 과거 속의 사건들 중에

서 즐겁고 유쾌하고 달콤하고 그리운 것들만이 추억으로 부조될 뿐, 불유쾌하거나 수치스럽거나 고통스러운 사건들은 결코 추억이라고 할 수 없다. 그러므로 추억은 아쉽고 그립고 긍정적인 가치와 의미를 지닌 것들이다. 추억은 곧 삶의 향기이다.

 ***추억은 가장 순리적인 인간관계의 형성에서 싹트는 인연의 꽃이다. 추억은 은은한 색조와 설핏한 향기로 우리를 취하게 만든다. 추억거리가 없다는 것은 슬픈 일이다. 왜냐하면 그런 사람들의 삶은 무미건조할 것이며 생존한다는 의미에서만 치중되어 있을 것이기 때문이다.

 순리와 선에 따라 참된 생활을 영위하는 사람은 아름답다. 자기의 삶을 열심히, 그리고 부끄럽지 않게 살아가는 사람은 즐겁다. 그 아름다움과 그 즐거움은 곧 추억으로 잉태된다.

 삶은 엄숙하고 진솔한 생존행위이다. 삶에는 이별도 있고 만남도 있다. 기쁨도 있고 슬픔도 있다. 즐거움도 있고 노함도 있다.

 사랑하다가 이별하는 아픔은 삶을 성숙시킨다.

마음이 어두운 사람은 어두운 그림을 그릴 수밖에 없으며, 반항적이고 메마르고 건친 사람은 불행한 삶을 살아야 한다.

아름다운 것은 부드럽다. 그리고 밝다. 아름다운 것은 거친 것보다 영원하며 또 강하다. 삶은 언제나 흐르는 물과 같으며 변화하는 상황의 연속이다. 슬픔도 괴로움도 기쁨도 절망도 모두 삶 속에 있다.

욕망을 갖는 것은 인간의 본능이다. 그러나 욕망에 집착하지 않고 유혹받지 않으며 신념이 넘치는 삶, 조급하지 않는 삶을 살아갈 수 있다면 그 삶은 행복하다.

인생에 있어서 선택은 매우 중요하다. 선택은 곧 길이며 소유이고 선택한 것은 반드시 하나의 결론으로 귀결되는 당연성을 갖는다. 삶은 결코 순리대로만 순행하는 것은 아니다. 적당한 용기와 적당한 모험, 그리고 진실한 노력으로 창조되어 가는 것이다. 그러므로 결단력 있는 사람과 삶에 대해 뚜렷한 소신을 가진 사람은 갈등에 오래도록 묶여 있는 어리석음을 범하지 않는다.

삶은 단순한 생존이 아니라 추구이다. 이상의 추구, 진리의 추구, 행복의 추구, 성공의 추구, 새로운 것의 추구, 그렇게 끊임없는 추구를 통해 열망을 지배하고 소유하는 것이 삶이다.

성공한 사람은 흔들리지 않는다. 지나간 일에 대해 후회하는 것은 슬픈 일이다. 자신의 선택이 때로는 손실과 실패를 가져왔다 하여도 그것이 인생 전반의 실패는 분명히 아니다.

세상을 좀 더 냉철하고 넓은 시각으로 보면서 살자. 그러면 후회하지 않을 것이다.

지성은 자기만을 내세우지 않는다. 지성은 계산된 행위를 하지 않고, 증오하지 않는다. 해악을 저지르지도, 편견도 갖지 않으며 객관적인 가치관을 갖는다.

도리를 지키는 것이 곧 지성이다. 지성은 각자의 마음속에 있다. 지성은 마음가짐, 태도 또는 옷차림에서도 표출되는 것이다. 그러나 사람의 진정한 매력과 아름다움은 영적인데 있다.

사랑은 숭고하다

사랑은 인생을 즐겁고 아름답게 만들어 주며 누구를 사랑하고 있다는 것을 깨닫게 한다. 사랑은 그 유형에 따라 다음과 같이 나뉜다.

· 에로스―미에 대한 사랑, 즉 신체적인 사랑.

· 마니아―광적인 사랑, 지나치게 편협 됨.

· 루디스―유희적인 사랑, 사랑을 가볍게 보고 순간만을 즐기려는 난봉꾼의 기질.

· 스토르게―우애적인 사랑, 즉 그저 좋아하고 아껴주는 인정.

· 아가페―정신적 박애적 사랑, 즉 대의와 대중 편에 선 휴머니즘의 작용.

· 프라그마―현실적인 사랑, 즉 생활에서 오는 작은 사랑.

사랑은 숭고하다. 사랑은 마음속 깊은 곳에서 아무도 모르게 자라고 있는 신비의 풀이다.

기다리고, 그리워하고, 용서하며 아끼고 상대에게 조화되는 감정이 사랑이다. 사랑은 결코 자기 성취나 자신의 감정을 충족시키기 위한 목적이 아니다. 위대한 사랑은 헌신이며 봉사이고 평화이다.

사람의 마음속에서는 누구나 사랑하는 감정이 있다.

당신이 그리우면 눈길을 걷고요

당신이 보고프면 눈을 감아요

잊혀질 듯 먼 곳에

아주 먼 곳에 와 있어요

나는 그 누군가를 열심히 사랑하기보다는 열심히 그리워한 쪽이 아니었나 생각된다.

진실을 외면한 인생이 있을 수 없듯이 감동을 저버리는 시 또한 있을 수 없다. 인생은 위대한 음악의 악보요, 시는 그 음악을 살리는 조화와 효율의 매체다.

끈질긴 자는 이긴다. 촉새같이 날뛰어 성공하는 경우

는 극히 드물다. 끈질긴 데에는 정직과 성실이 있어야
한다. 동물은 환경에 자기를 순응시켜 살지만 사람은
환경을 자기에게 순응시켜 산다.

 이 세상에서 가장 불쌍한 사람은 변절자이다.

 삶은 무엇보다도 주체와 환경의 행위적인 교섭으로서
실현된다고 할 수 있다.

 인생의 낙은 결코 부귀와 영화에만 있는 것이 아니다.
참다운 낙은 도리어 안빈낙도安貧樂道에 있다.

 도덕은 선을 행하고 악을 피하라고 가르친다.

 사랑은 황동의 원동력이다. 사랑은 순결한 것이며 정
직한 것이다. 또한 사랑은 지극히 겸손한 것이며 한결
같은 것이다. 즐거이 바치는 것이 사랑이며 아무리 바
쳐도 더 바치고 싶은 것이 사랑이다.

 '진실로 인간다운 인간의 모습은 모든 시대와 모든 사
회에서 같은 모습으로 나타난다. 그것도 인간의 본질에
서 비롯되기 때문이다. 교육의 목적도 모든 시대와 모
든 사회에 동일한 것이어야 한다. 왜냐하면 교육이란
인간을 인간답게 향상시키려는 것이기 때문이다.' 고 허

친스는 말했다.

　우리에게 필요한 것은 끈질긴 현재에 대한 이해이며, 과거에 관한 지식의 사용은 현재를 위해서만 필요할 뿐이다.

인생은 짧고 예술은 길다

* 아픔과 고통이 없이 저절로 이루어지는 것은 없다. 참고 견디고
마음과 정성을 다하여 자기가 즐거워하는 일을 해낼 때 행복은 찾아오는 것이다.

칸트에 의하면 행위의 옳고 그름은 오로지 동기에 달려 있다고 한다. 나쁜 동기를 가진 행위는 나쁜 행위이고 좋은 동기를 가진 행위는 좋은 행위라는 뜻이다.

인간은 사색을 즐기고 사물에 대한 깊은 통찰력과 식견을 갖추어야 인간으로서 바람직한 삶을 살 수 있으며 이러한 삶을 사는 것이 아리스토텔레스의 경우, 곧 삶의 목표가 된다. 이것을 지복至福이라 했으며 인간으로서 잘 있는 상태를 의미한다.

에픽테투스에 의하면 이 세상에 있는 모든 것은 내 힘으로 좌우할 수 있는 것과 그렇지 못한 것으로 나뉘며 내 힘에 닿는 것만, 그리고 그것만은 반드시 해내는 것이 곧 자연의 이법理法을 따르는 삶이라고 가르친다. 이것은 노자의 무위사상無爲思想과 매우 흡사하다.

흄은 '모든 지식은 감각적 경험이다. 모든 지식은 감각적 경험 혹은 지각의 산물이며 이것은 사유나 의식에 나타나는 강도에 따라 이상과 관념으로 나뉜다. 인간은 누구나 생각할 수 있는 능력이 있지만 그 능력을 제대로 구사하기는 좀처럼 쉬운 일이 아니며 누구에게나 가능한 일은 더더욱 아니다.' 라고 하였다.

인생은 짧고 예술은 길다. 그러므로 여러 사람의 행복을 위해 힘쓰고 노력해야 한다. 이것이 인생의 가장 가치 있는 일이라고 생각한다.

자기 공해나 자기 소외, 자기 불안속에서 영원한 자아, 신성한 자아, 모든 번뇌와 망상에서 자유를 얻는 내면의 자아를 찾아야 한다.

인생이 짧기에 자기의 잘못과 실패를 막아야 하며 자기 폐쇄성도 막고 퇴폐적 매력에 멍들어 가는 자신을 지켜야 한다. 우리 모두 자신의 내면적 빈곤을 채워야 한다. 같이 생각하고 넓게 이해하며 열심히 행동을 취해, 후회 없는 값진 인생을 갖도록 노력해야 한다.

아픔과 고통이 없이 저절로 이루어지는 것은 없다. 참고 견디고 마음과 정성을 다하여 자기가 즐거워하는 일을 해낼 때 행복은 찾아오는 것이다. 행복을 위해 남을 기쁘게 해주는 생활을 하고 웃음을 선사하며 마음공부를 해야 한다.

사람은 힘으로 사는 것이 아니라 지혜로 산다고 한다. 지혜로운 사람은 내 앞에 다가올 일, 즉 10년, 20년, 30년 후에 있을 그 일을 생각하고 준비하는 사람이다.

또한 지혜로운 사람은 먼 미래를 생각하여 설계하는 사람이요, 자기 운명의 마지막 종착점은 어디이며 언제일 것인가를 생각하며 항상 그때를 준비하는 자세로 인생을 살아간다.

새해를 맞을 때는 연말을 생각하고 봄이 되면 겨울을 내다보며 준비하는 사람이 지혜로운 인생을 사는 것이다. 그러나 어리석은 사람은 겨울에 가서야 겨울을 생각하고 여름에 가서야 비로소 여름을 생각한다. 즉 미래가 없는 인생을 사는 것이다.

지혜 있는 사람은 내일의 꿈을 안고 오늘을 살아간다는 것을 가슴에 새기자.

산이 주는 교훈

*인간은 평소에 땅만 내려다보며 살다가 산에 오르면 눈을 들어
도덕의 세계, 달관의 정신적 교훈을 받는다.

첫째, 산은 평지보다 높다.

보통 인간은 평소에 땅만 내려다보며 살다가 산에 오르면 눈을 들어 도덕의 세계, 달관의 정신적 교훈을 받는다.

둘째, 산은 창조주와 교통할 수 있는 세계다.

땅만 볼 땐 가슴이 막히지만 산에 오르면 하늘을 생각한다.

셋째, 산은 불변의 자세를 상징한다.

세상은 변해도 산은 변하지 않는다.

넷째, 산은 축복의 근원이다.

눈을 들어 산을 봄으로서 복의 근원을 찾는다.

'부자가 천국에 들어가는 것은, 낙타가 바늘구멍을 지

나는 것보다도 어렵다.'

이 말은 신약성서에 나오는 말이다.

'인간의 진실한 부富는 이 세상에서 행하는 착한 일이다.' 라고 한 마호메트와 마찬가지로 성서는 가난한 사람의 편을 들고 있는 것이다.

낙타가 바늘구멍을 지나가기보다 어렵다는 말은 대단한 비유이다. 그렇다면 부자는 절대 천국에 가지 못한다고 하는 것이나 같다.

하지만 여기에서의 부는 마음을 말하는 것으로, 마음이 가난해서는 안 된다고 하는 의미이다.

올해는 하늘을 비상하는 준마처럼 또한 천마처럼 보다 슬기롭고 보다 부지런하게, 보다 지혜롭고 보다 멋있게, 그리고 보다 힘차게 서로서로 온힘 다하여 비약을 하자.

독서의 성과

◆독서를 하고 생각하지 않는 것은
식사를 하고 소화시키지 않는 것과 같다.

◆◆

에드먼드 버크는 18세기 영국의 정치가이다. 당시 미국이나 인도 등에서 억지로 보이는 방식으로 추진되었던 영국 정부의 식민지 정책을 비판하여, 정의와 자유를 호소한 명연설이 잘 알려져 있다.

여기서는 독서에 대해 다음과 같이 말하고 있다.

'단지 책을 읽는 것으로는 독서를 한 것이 되지는 않는다. 또 씌어 있는 내용을 그대로 받아들이는 것으로는 이해한 것이 되지도 않는다. 독서를 함에 있어서 그 책이 말하고자 하는 내용을 차분히 생각하고 그 내용이 자신에게는 어떻게 유효한가를 판단하는 안목을 가지고 있지 않으면 안 된다. 그렇지 않으면 먹은 것을 소화도 흡수도 하지 못하고 그대로 배설해 버려 불필요한 수고를 하게 된다.'

같은 뜻으로 누에에 비유한 말이 있는데 '누에만 이 명주실을 뽑아낸다.'는 것이 그것이다.

세상에 잎사귀를 먹는 벌레는 많다. 그렇지만 마찬가지로 잎사귀를 먹으면서 누에만은 그 아름다운 명주실을 뽑아낼 수 있다. 즉 자신이 섭취한 것을 함부로 배설해 버리지 않고 그것에서 가치 있는 성과를 끌어낸다는 것이다. 그렇게 할 수 있는 것은 바로 자신인 것이다.

확실히 세상의 독서가 중에는 자신이 읽은 책의 권수로 헤아리려는 사람도 있다. 물론 그런 취미가 있어서는 안 된다는 규칙은 없다. 그렇지만 본래 책은 지식이나 정보를 제공해 줄 뿐이다. 그것을 자신의 피가 되게 하고 살이 되게 하고 있는지의 여부는 전혀 다른 문제인 것이다.

사랑이 있으면 모든 것이 가능하다.
사 랑 만 있 다 면 무 슨 일 을 하 든 그 대 에 게 는
아 무 런   위 협 도   없 다
갈 등 도   생 기 지   않 는 다

선생님께 드리는 편지

*사랑의 생각은 마음의 침묵이며 사랑의 불타는
열정은 마음에서 나오는 함성이다.

선생님! 봄 소풍 때 우리 반이 씨름에 이기자 기뻐하며
웃으시던 모습이 생각납니다. 그때가 마냥 그립습니다.

어머니와 함께 갓 짜낸 참기름을 들고 선생님을 찾아
뵈었을 때 선생님과 사모님이 어찌나 사양하셨던지. 이
제 저희가 선생님이 나이 되어 세월을 돌이켜보니 시름
과 고단함이 있어도 늘 웃으시던 그때의 선생님 모습이
가슴 한 켠을 따뜻하게 해주는군요.

지금 선생님은 어느 곳에서 계실까를 생각해 봅니다.
옛날, 웃으시던 그 사진처럼 마음껏 웃어보세요. 그럼
다시 찾아뵈올 때까지 건강하세요.

상대방의 이야기를 경청하라

*이야기의 줄기를 놓치지 말 것이며 이야기가
끝난 듯이 여겨지더라도 잠시 기다려라.

오해는 논쟁을 통해서는 결코 해결되지 않는다. 자기 발전을 염두에 둔 사람은 시비 따위에 눈을 돌리지 않는다. 더구나 시비를 가려서 마음이 불쾌해지고 자제심을 잃게 된다면 그 사람은 이미 자기 자신과의 싸움에서 진 것이다.

오해를 풀기 위해서는 일단 상대에게 양보하는 자세를 가져야 하며, 깔끔한 마무리를 위해서는 설명이 동반되어야 한다. 그래야만 나중에 오해가 생기지 않기 때문이다.

대화시에는 차분하고 고운 목소리로 말하고 항상 말하기 전에 요점이 무엇인가를 미리 생각한 후 간단하고 명확하게 표현하는 게 좋다. 경쾌한 기분으로 침착하게 하되 성의 있게 말하며 항상 상대의 눈을 보도록 하라.

대화에 있어서 경청은 대단히 중요하다. 그러므로 상대에게 기회를 주고 자신은 훌륭한 경청자의 몫을 자청하도록 하라.

　이야기의 줄기를 놓치지 말 것이며 이야기가 끝난 듯이 여겨지더라도 잠시 기다려라. 이야기의 흐름을 놓쳐버렸을 경우 솔직하게 고백하고 정중하게 다시 이야기를 부탁하라. 긴장을 풀고 얘기에 전념하라.